KIMBERLY KNIGHT   RACHEL LYN ADAMS

NEGOCIADO

Traduzido por Allan Hilário

1ª Edição

2023

Direção Editorial:	**Arte de Capa:**
Anastacia Cabo	Bianca Santana
Tradução:	**Preparação de texto e diagramação:**
Allan Hilário	Carol Dias
Revisão Final:	**Ícones de diagramação:**
Equipe The Gift Box	Rochak Shukla/Freepik

Copyright © Kimberly Knight e Rachel Lyn Adams, 2022
Copyright © The Gift Box, 2023

Todos os direitos reservados.
Nenhuma parte do conteúdo desse livro poderá ser reproduzida em qualquer meio ou forma – impresso, digital, áudio ou visual – sem a expressa autorização da editora sob penas criminais e ações civis.
Esta é uma obra de ficção. Nomes, personagens, lugares e acontecimentos descritos são produtos da imaginação da autora. Qualquer semelhança com nomes, datas ou acontecimentos reais é mera coincidência.

Este livro segue as regras da Nova Ortografia da Língua Portuguesa.

CIP-BRASIL. CATALOGAÇÃO NA PUBLICAÇÃO

K77n

Knight, Kimberly.
　　Negociado / Kimberly Knigt, Rachel Lyn Adams; tradução Allan Hilário. - 1. ed. - Rio de Janeiro : The Gift Box, 2023.
　　208 p. (Fora de Campo ; 1)

Tradução de: Traded.
ISBN 978-65-5636-240-3

1. Ficção americana. I. Hilário, Allan. II. Título. III. Série.

CDD: 813
CDU: 82-3(73)

GLOSSÁRIO

Arremessador: jogador que fica no meio do campo e arremessa a bola para o rebatedor.

Arremessos de linha ou line drives: é uma rebatida em que a bola vai numa "linha reta" (não totalmente reta, mas não sobe muito).

Bullpen: espaço de aquecimento dos arremessadores reservas.

Campo externo: área que compreende a parte externa do campo onde ficam as bases. No campo externo estão: campo esquerdo, campo central e campo direito.

Círculo on-deck: local em que o próximo rebatedor da ordem ou rebatedor *"on-deck"* se aquece, esperando pelo jogador que está com o bastão encerrar sua vez.

Cutoff: usado quando uma bola é lançada para o campo externo e um corredor está tentando avançar para outra base.

Dugout: uma espécie de banco de reservas no jogo de beisebol, onde também ficam os titulares que não estão atuando e a comissão técnica.

Duplo leadoff: ocorre quando o primeiro batedor, da entrada, atinge um duplo para iniciar as coisas. Acertar um duplo *leadoff* aumenta muito as chances de a equipe marcar na entrada.

Duplo stand-up: Um duplo *stand-up* refere-se a uma batida de base extra onde o rebatedor atinge a segunda base tão facilmente que não precisa deslizar para evitar ser expelido.

Fechador ou closer: é o jogador especializado em certos arremessos e situações, e entra para finalizar os jogos.

Home plate: base em que o jogador fica quando está atuando como rebatedor, e também é a base considerada como a base final, a base "lar", quando os jogadores conseguem passar por todas e marcar ponto para suas equipes.

NEGOCIADO

Home run: quando o rebatedor consegue fazer uma rebatida que manda a bola para fora do campo, possibilitando que ele percorra todas as bases e volte para o *home plate*.

Rebatedor: jogador que fica no *home plate* e rebate a bola jogada pelo arremessador.

Rebatida simples ou single: é o tipo mais comum de rebatida, conseguido pelo ato de o rebatedor chegar salvo à primeira base por acertar uma bola válida e chegar à primeira base antes que um defensor o elimine.

Rebatida dupla: é o ato de o batedor chegar salvo à terceira base por rebater a bola e alcançar a terceira com segurança, sem nem o benefício de um erro do defensor nem outro corredor sendo eliminado numa escolha do defensor.

Receptor: jogador que fica agachado atrás do rebatedor no *home plate* e recebe a bola do arremessador.

Reliever: um arremessador reserva que entra para dar um descanso ao titular ou tirar o time de uma situação complicada.

Shutout: o arremessador é creditado com um quando arremessa um jogo completo e não cede nenhuma corrida, ou seja, seu time vence o adversário "de zero".

Single to center: jogada de defesa em que o segunda base será o *cutoff*. O interbase cobrirá o saco. O arremessador deverá se posicionar para fazer defender a segunda base.

Strike ou Strikeout: contagem feita quando o rebatedor erra a rebatida e não acerta a bola. Ele é eliminado após três strikes.

Walk-Off: ocorre quando o time da casa (que rebate na parte baixa da entrada) toma a liderança no placar na nona entrada ou em uma entrada extra, vencendo assim o jogo, já que o adversário não teria mais chances de anotar corridas.

World Series: nome dado à final da liga de beisebol dos Estados Unidos. Uma série de campeonatos anuais da Major League Baseball nos EUA e no Canadá, disputada pelas equipes campeãs da Liga Americana e da Liga Nacional.

CAPÍTULO 1
ARON

Jogar beisebol sempre esteve no meu sangue.

Meu pai foi, por duas vezes, MVP, o famoso jogador mais valioso, do Giants de São Francisco. Ele jogou no campo externo para eles durante a maior parte de sua carreira, e eu sempre quis seguir seus passos. Dei tudo de mim nos treinos na escola, conseguindo uma bolsa integral para o estado do Arizona, onde fui convocado durante meu segundo ano para as ligas principais. Eu tinha sido a primeira escolha no *draft* da MLB pelo St. Louis Cardinals e joguei uma temporada nas ligas menores antes de ser trazido como defensor externo direito quando outro atleta se lesionou. Isso foi há oito anos, e atuava na posição para os Cardinals desde então.

Os torcedores da casa também me amavam. Sempre que eu pegava no bastão, minha música de entrada era abafada pelo rugido da multidão, e isso me alimentava. Mal podia esperar para sentir a adrenalina enquanto estava na caixa do rebatedor, olhando para o arremessador acertando em cheio a bola.

— Ei, Parker! — Nash gritou para mim do outro lado da sede do clube, enquanto eu estava no meu armário. Tínhamos terminado o treino de rebatidas e estávamos prestes a voltar ao campo para começar os jogos. — Vai sair hoje à noite?

— A água é molhada? — Revirei os olhos.

Garotas amavam os meus olhos. Já me disseram mais vezes do que podia contar que parecem o oceano. Elas também adoram meu cabelo castanho-dourado, os braços poderosos, as pernas musculosas e o meu pau impressionante. Eu costumava fazê-las gritar meu nome.

— Legal. Quer jogar com o vencedor entre mim e o Forrester?

Eu e os caras sempre jogamos sinuca no Stadium View, um bar do outro lado da rua do estádio. Bebíamos cerveja e assistíamos a qualquer jogo que ainda estivesse acontecendo na TV. Mas já que houve uma grande tempestade em Nova York, não iríamos embora até de manhã, o que significava que os caras e eu iríamos para o bar nos divertir, provavelmente não parando em uma ou duas cervejas.

— Porra, sim.

— Parker está dentro! — Nash gritou para Forrester.

Eu não podia me preocupar com sinuca ou o que estava acontecendo depois do jogo de beisebol que estávamos prestes a jogar. Minha cabeça precisava estar no jogo, porque eu tinha certos objetivos. Enquanto o time sempre lutava para ir para a World Series, eu também queria ser MVP pela segunda vez, para fazer parte do time do All-Star novamente e ser o melhor. Minhas estatísticas na primeira parte da temporada foram algumas das melhores da minha carreira, mas não posso carregar o time sozinho. Até agora, só vencemos um jogo para cada cinco que jogamos ou alguma merda assim, e era improvável que fôssemos para a World Series este ano, porque somos péssimos.

Mesmo tendo jogado pelos Cardinals durante toda a minha carreira, eu poderia ir para um time que tivesse a chance de ganhar tudo quando me estivesse livre, sem contrato. Fazia anos — antes do meu tempo — desde que os Cardinals ganharam um campeonato. Quando fui convocado pela primeira vez, a equipe parecia estar caminhando bem, indo até os jogos finais da World Series, mas nunca ganhando. Eu queria estar em um time onde tivéssemos champanhe chovendo sobre nós na sede do clube ao comemorarmos por finalmente fazer o que todo jogador profissional sonhava. Não tínhamos ido além da segunda rodada da pós-temporada em vários anos, mas meu sonho poderia em breve se tornar realidade, porque meu contrato com os Cards termina no final da temporada, e tínhamos apenas metade pela frente.

Eu e o time fomos para o campo, nos aquecemos, cantamos o Hino Nacional e então era hora de ir. Na quarta entrada, eu estava dois a dois com um *home run*. Ainda estávamos perdendo, mas não importava, porque os fãs me davam aquela adrenalina toda vez que eu entrava no caixa do batedor.

— Ei, Aron — uma mulher ronronou atrás de mim. Olhei para ela de onde estava no campo, mas não disse nada. — Se você acertar outro *home run*, eu deixo você acertar isso — disse, passando as mãos ao longo de seus lados, garantindo que eu tenha uma boa visão de seus seios grandes na regata dos Cardinals e suas longas pernas bronzeadas em seus shorts curtos.

Sim, eu a pegaria.

Wilcox acertou um *pop fly* para o terceiro, sendo o segundo na entrada. *Flower*, de Moby, tocou no sistema de som do estádio quando fui anunciado; a multidão enlouquecendo, porque a estrela deles estava pronta para rebater novamente. Mesmo com a proposta da loira, eu não ia acertar um *home run* para ela. O que quer que eu fizesse em campo seria tudo por mim. Mas não havia mal em deixá-la pensar que sua oferta era minha motivação, então, antes de fazer meu caminho para a caixa do batedor, pisquei para ela.

De pé no lado esquerdo da caixa, meus dedos estavam alinhados ao redor da alça do bastão; ergui meu braço esquerdo, esperando o arremessador receber seu sinal. Ele acenou para o receptor e minha respiração parou um momento, observando a bola sair de sua mão. Ela veio alta e diretamente para mim, exatamente como eu gostava. Não hesitei em rebater, jogando a bola em direção ao campo direito. Os fãs foram à loucura, porque não só se eu tinha acabado de acertar meu segundo *home run*, mas tinha empatado o jogo. Indo até a terceira base, dei um tapa na mão do treinador da terceira base e corri para a principal, pisando nela e cumprimentando Lake, que estava rebatendo antes de mim.

— Bom trabalho, Parker — ele disse.

Se ele ao menos pudesse fazer o mesmo, mas não respondi. Em vez disso, enquanto passava correndo pela loira no caminho para o banco, eu disse:

— Stadium View duas horas depois do jogo.

Como de costume, o bar estava lotado após a partida. Os fãs sabiam que gostávamos de frequentar o lugar. Não importava se ganhássemos ou perdêssemos, mas, como realmente tínhamos vencido, havia muito o que comemorar.

— Uma vitória e uma noite de folga? Vou encher a cara! — Nash explodiu quando Wilcox abriu a porta de madeira para nós. Nem todos do time foram beber, principalmente aqueles que não tem que ir para casa para esposas e essas merdas.

NEGOCIADO

Aplausos explodiram quando entramos no bar esportivo mal iluminado. Nós seis sorrimos e acenamos, caminhando até a mesa reservada para nós quando havia jogos em casa. Enquanto a gente se sentava, notei que os Mets estavam jogando contra os Giants na TV acima de nós. O antigo time do meu pai estava destruindo os Mets na oitava entrada, e eu sorri. Ele sempre seria um gigante — um Gigante Eterno — e talvez um dia eu também fosse.

Já que iríamos jogar contra o Mets na próxima partida, assisti ao jogo e Forrester e Nash ficaram jogando sinuca. Em algum momento, o barman nos trouxe três jarras de Bud Light, e enquanto eu bebia minha cerveja, fiz anotações mentais de quem acertou as bolas no campo direito. A gente sempre tem um relatório sobre cada jogador antes do início de uma nova rodada, mas, mesmo assim, assisti, porque era o esporte que eu amava.

— Ei, Aron. — Uma mão roçou meus ombros e meu pescoço. Me virei para ver que era a loira de antes. — Bom jogo esta noite.

— Obrigado.

Ela olhou para a amiga e depois de volta para mim.

— Então, hum…

— Você está pronta?

— Eu… uh — ela gaguejou.

Ela esperava que tivéssemos alguma conversa? Nós dois sabíamos por que ela veio ao bar. A mulher me fez uma proposta, e eu estava aceitando sua oferta. Não ia sentar e conversar a noite toda. Não estávamos em um encontro. Não era isso que eu fazia. Não era isso que estava procurando. Não havia como me amarrar ou qualquer outra coisa que alguma Maria Chuteira pudesse querer ao conseguir dormir com um jogador de beisebol.

Eu adorava ter vinte e oito anos e ser solteiro. Ter que ligar para casa depois de cada jogo não era algo que eu queria fazer. Morava em St. Louis, mas isso apenas fora de temporada e quando tínhamos jogos em casa. Caso contrário, eu estava no Arizona para o treino da Primavera ou na estrada para jogos fora. Eu não tinha tempo para me preocupar com outra pessoa. Além disso, conseguia qualquer mulher sem me prender a um relacionamento.

— Vamos lá. — Levantei e bebi o resto da minha cerveja. — Dê o seu celular pra sua amiga.

A loira piscou.

— Por quê?

— Você não vai precisar — respondi. Eu não precisava do meu pau aparecendo no internet.

Ela entregou sua bolsa para a amiga, e agarrei sua mão, piscando para os outros rapazes enquanto a levava para o banheiro feminino. Descobri há muito tempo que era muito mais legal que o masculino. E cheirava melhor também.

Depois de verificar se estava vazio, tranquei a porta atrás de nós.

— Tire seus shorts e incline-se sobre a pia.

CAPÍTULO 2
DREW

Não deveríamos ter vencido o nosso jogo.

Desistir de um *home run* de três corridas na primeira entrada não foi como eu queria começar a jogada, especialmente após um atraso de uma hora por causa da chuva. Na segunda entrada, nossos jogadores de defesa cometeram dois erros que deram aos Giants uma vantagem de 5x0. De alguma forma, empatamos o jogo na nona, e foi preciso jogar até a décima segunda para conseguir uma vitória por 7x6.

Foi um jogo brutal, e fui substituído na quinta entrada, fazendo meu pior começo da temporada até agora. Eu tinha um histórico de vitórias e derrotas decente, mas, como time, estávamos jogando de forma desleixada. Todo jogador de beisebol se esforça para ganhar um campeonato. Era algo que eu tinha sonhado sobre, mas não tinha conseguido durante meus nove anos na liga principal, e ficou claro que não conseguiríamos ir para a pós-temporada, a menos que acontecesse algum milagre durante a segunda metade do torneio.

Passei os primeiros cinco anos da minha carreira jogando com os Diamondbacks e, depois dois anos com os Mariners, assinei um contrato de quatro anos com o Mets. Gostei de morar em Nova York e finalmente comecei a me sentir em casa, mas os recentes rumores de uma reconstrução de time me deixaram no limite. Faltava um ano para o meu contrato após a atual temporada, mas sem uma cláusula específica, eu poderia ser negociado para outro time antes do prazo no final de julho. Se o Mets se reconstruísse, havia uma chance de eles não quererem ficar com um arremessador de trinta e três anos que provavelmente só tinha mais alguns para jogar.

Depois de entrar no clube, fui direto para o pós-jogo antes de tomar um banho. Com o atraso causado pela chuva, três entradas extras e uma entrevista rápida onde me fizeram perguntas de rotina sobre minha performance de merda, era um pouco depois da meia-noite quando eu estava me vestindo para ir para casa.

Teríamos mais um jogo contra os Giants antes de continuar com uma série de quatro jogos contra os Cardinals. Eu estaria lançando no último jogo da série, e precisava me concentrar nisso, em vez de nos erros que cometi no jogo que acabamos de fazer. Nós estávamos jogando apenas um pouco melhor do que St. Louis, o que não significava muito.

Com o canto do olho, vi nosso receptor, Anderson, caminhar em direção ao seu armário ao lado do meu.

— Vai para o camarote das famílias para encontrar a Jasmine?

Neguei com a cabeça.

— Não, ela acabou de me mandar uma mensagem do aeroporto. Seu voo atrasou, então ela não voltou a tempo. Deve estar em casa quando eu chegar lá.

Jasmine e eu começamos a namorar logo depois que assinei com o Mets. Ela se mudou para morar comigo no final da temporada passada, mas raramente estávamos em casa ao mesmo tempo. Ela era uma modelo cuja carreira a levava ao redor do mundo, e beisebol tomava a maior parte do meu tempo durante sete meses do ano.

Não era fácil manter um relacionamento em circunstâncias normais e, com empregos como os nossos, tivemos que nos esforçar mais para nos manter conectados. Tentamos passar tanto tempo juntos quanto podíamos sempre que estávamos na cidade, e eu mal podia esperar para chegar em casa para ela.

— Legal. Aproveite sua noite. — Ele balançou as sobrancelhas, se levantando e caminhando para a porta que dava para o camarote da família.

Anderson tinha esposa, dois filhos e mais um a caminho. A maioria dos meus companheiros se casou ou estava em um relacionamento estável. Era bom jogar com caras que não queriam sair sempre depois de cada jogo. Ocasionalmente a gente ia em bares quando estávamos na estrada, mas, em casa, a maioria de nós preferia noites tranquilas para relaxar depois de um jogo — ganhando ou perdendo. Me adaptei muito bem. Mesmo na faculdade, eu não era de festejar muito. Tinha escolhido gastar toda a minha energia para me tornar o melhor jogador de beisebol que poderia ser.

Crescendo com uma mãe solteira, testemunhei os sacrifícios que ela

NEGOCIADO

fez para garantir que eu tivesse tudo que precisava. Quando estava no ensino médio, ficou claro que tinha uma excelente chance de ir para a faculdade com uma bolsa de beisebol, e meus treinadores disseram que não ficariam surpresos se eu chegasse às grandes ligas um dia. Isso foi o suficiente para acender um fogo dentro de mim. A partir daquele dia, jogar na liga principal era meu objetivo final e não apenas porque amava o esporte, mas porque isso significava que eu sempre poderia cuidar da minha mãe.

Peguei minha bolsa e as chaves da prateleira de cima do meu armário e fui para o estacionamento dos jogadores, onde entrei no meu Mercedes todo preto. Trinta minutos depois, estacionei na garagem do meu prédio arranha-céu em Hell's Kitchen, antes de entrar no elevador que me levou até o sexagésimo andar.

Quando destranquei a porta, o apartamento estava escuro e silencioso. A bagagem de Jasmine estava na entrada, então eu sabia que ela estava em casa. Coloquei minha bolsa no banquinho perto da porta e caminhei até nossa sala de estar. A fraca luz da lua que entrava pelas janelas do chão ao teto me forneceu luz suficiente para vê-la dormindo no sofá. Nós dois éramos ativos durante a noite, muitas vezes ficávamos acordados até tarde por causa de compromissos de trabalho e eventos, então ela devia estar exausta por causa do voo. Não queria acordá-la, já que ela estava tão cansada, mas sabia que ficaria mais confortável em nossa cama. Deslizei um braço atrás de seus ombros e o outro atrás de seus joelhos e gentilmente a levantei.

— Oi, querido. Eu não queria dormir — ela disse, enquanto eu a carregava para o nosso quarto.

— Tudo bem. Saí do estádio mais tarde do que queria.

Uma vez que a deitei na cama, tirei minhas roupas até ficar só de cueca boxer e deslizei para debaixo das cobertas. Afastei seu longo cabelo loiro de seu ombro e beijei seu pescoço, envolvendo meu braço ao redor dela por trás.

— Senti a sua falta.

Do jeito que ela estava cansada, não achei que iria responder, então fiquei surpreso quando ela colocou a mão atrás de si e esfregou a mão para cima e para baixo no meu pau.

— Também senti sua falta.

A partir daí, éramos um emaranhado de braços e pernas enquanto ela me mostrava o quanto sentia minha falta.

Manter uma rotina era vital tanto para o meu desempenho quanto para minha sanidade durante a temporada, mas essa normalidade havia sido jogada pela janela na noite anterior. O que eu achava que seria uma rapidinha se transformou em uma maratona de foda, mas eu não estava reclamando. Preferia dormir oito horas inteiras, mas seis seriam suficientes, já que não arremessaria e só tinha que alongar e treinar antes do jogo mais tarde.

Jasmine não estava na cama quando acordei, pois geralmente ia para a academia de manhã cedo. Nos dias em que não jogava como titular, não precisava estar em campo até o meio da tarde, então aproveitei esse tempo para passar com ela.

Depois de um banho rápido e me vestir, entrei na cozinha, planejando fazer uma tigela de aveia misturada com linhaça e alguns mirtilos para o café da manhã.

Enquanto pegava o que precisava dos armários, ouvi a porta da frente se abrir.

Jasmine entrou no apartamento.

— Ah, que bom que você ainda não comeu — disse, olhando para o recipiente de aveia no balcão. — Vamos sair para um café da manhã com alguns amigos.

— O quê? — Neguei com a cabeça. — Preciso estar no campo até as duas. Esperava que pudéssemos passar algum tempo juntos, só nós dois, antes de eu ir embora.

Jasmine tinha um grande círculo social e passávamos muito tempo saindo, especialmente fora da temporada. Embora as festas e outros eventos fossem divertidos, eu também gostava dos momentos tranquilos que passamos juntos.

— Mas Heidi e Kari partem para Paris amanhã. — Encarou-me com seus olhos grandes e brilhantes. *Deus, eu amava olhos azuis.* — Além disso, vamos ao Friedman's. Fica a apenas alguns quarteirões de distância, então você terá bastante tempo para chegar ao campo.

— Ok — respondi. Eu precisava comer antes de ir para o campo de qualquer maneira, e ainda passaria tempo com ela.

Ela saltou e me beijou na bochecha antes de ir em direção ao nosso quarto.

— Vou tomar banho bem rápido. Partiremos em trinta minutos.

Ouvi o barulho de saltos altos no chão de madeira enquanto Jasmine caminhou até mim.

— Baby, não vai se trocar antes de sairmos? — perguntou, enquanto eu estava sentado no sofá assistindo SportsCenter.

Olhei para o jeans de lavagem escura e a camiseta preta que estava vestindo.

— O que há de errado com o que estou usando?

— Não tem nada de errado. Geralmente há um fotógrafo ou dois na frente do restaurante.

Os *paparazzi* eram algo com que lidávamos regularmente. A popularidade de Jasmine no mundo da moda estava se expandindo e ela estava sendo notada por executivos de cinema e televisão. E mesmo que os Mets não estivessem jogando muitas partidas, namorar um jogador de beisebol só aumentou a popularidade dela.

— Coloquei algumas roupas para você na cama. Nós iremos assim que estiver pronto.

Embora eu não desse a mínima para como estava nas fotos postadas on-line, sabia que a carreira dela era baseada quase totalmente em sua aparência, e como moda era a sua coisa, segui suas ordens.

Peguei a camisa de linho azul-ciano — uma cor que eu só conhecia porque Jasmine disse que o azul-claro contrastava bem com meus olhos castanhos — e o jeans branco que ela escolheu, e me vesti rapidamente. Com uma última olhada no espelho, eu estava pronto para ir.

Jasmine me deu uma olhada enquanto caminhávamos em direção ao elevador.

— Amo o seu cabelo assim — comentou, passando os dedos pelo meu cabelo castanho que estava cacheando um pouco ao redor das orelhas e pescoço.

Isso é bom, já que eu não planejava cortá-lo tão cedo. Da última vez que cortei o cabelo, tive um desempenho ruim e minha primeira derrota na temporada. Jogadores de beisebol eram supersticiosos, e eu não estava disposto a fazer nada que me fizesse perder um jogo.

— Bom dia, senhor Rockland e senhorita Sharpe. Vão precisar de um carro? — o porteiro perguntou, quando saímos do prédio.

— Não está manhã, Hank. Mas obrigado — respondi, colocando os óculos de sol para proteger meus olhos do sol brilhante.

Passei o braço pelos ombros de Jasmine e a puxei para perto quando começamos a curta caminhada de dez minutos em direção ao Friedman's. Ela era mais alta do que a média das mulheres, com 1,75m, mas parecia pequena em comparação com meu corpo de 1,83m.

As amigas de Jasmine acenaram para nós assim que entramos no restaurante. Havia mais pessoas na mesa do que eu esperava. Algumas eu conhecia, como Heidi e Kari, e todas claramente faziam parte do mundo da moda.

— Oh, Zane está aqui — Jasmine disse, me puxando em direção a um cara que eu não conhecia. Eles se abraçaram, e então ela se virou para mim e anunciou: — Drew, este é Zane, um dos modelos mais novos de Franklin.

— É incrível te conhecer. Sou um grande fã. — Ele estendeu a mão para apertar a minha.

— Obrigado, cara — respondi, antes de ser apresentado a mais algumas pessoas.

Depois de nos sentarmos e fazermos nossos pedidos, ouvi as conversas ao meu redor. Falou-se de quem estava dando as festas mais badaladas e quais clubes eram os melhores. Eu tinha pouco a acrescentar ao assunto, então permaneci em silêncio. Mesmo que sempre me divertisse quando a gente saía, eu ficava igualmente feliz em ir para a casa de um dos meus companheiros de time, fazer churrasco e passar tempo com suas famílias. Era o tipo de vida que eu queria.

Aos vinte e cinco, Jasmine era oito anos mais nova que eu, mas era ela que eu via ao meu lado quando imaginava meu futuro. Ela ainda não estava pronta para crianças, e tudo bem. Talvez fosse mais fácil esperar até eu terminar o beisebol antes de começar uma família. Muitos caras da equipe tinham filhos e eram felizes. Mas também houve momentos em que mencionaram sentir como se estivessem perdendo algumas das coisas do dia a dia de ser pai. Crescer sem pai me fez perceber que não queria perder nada se tivesse a sorte de ter meus próprios filhos.

— Oh, meu Deus — Heidi engasgou, olhando para o telefone. — Ellie está grávida!

— Não! — Jasmine respirou. — Seu corpo sarado vai ser arruinado.

— Quem é o pai? — Zane perguntou.

— Provavelmente Jason Thomas. Aqueles dois estavam fodendo no banheiro do Soar um mês atrás — Jasmine afirmou.

— Eu me pergunto o que ela vai fazer — Kari ponderou.

NEGOCIADO

17

Jasmine negou com a cabeça.

— Não sei. Eu não quero filhos, então não consigo me imaginar em uma situação dessa.

Jasmine não queria filhos? Isso era novidade para mim.

E um grande problema.

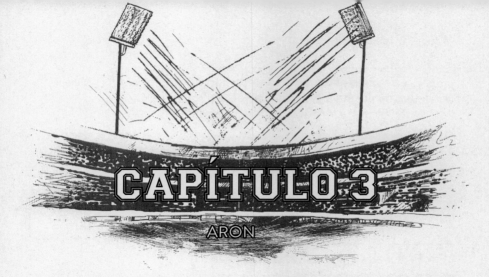

CAPÍTULO 3
ARON

Antes e depois de um jogo, eu me prendia a uma rotina, mesmo quando estava na estrada. Enquanto alguns caras malhavam na academia para acalmar os nervos, eu preferia sair e tomar uma bebida. Se tivesse sorte, encontraria uma mulher que me ajudaria de outras maneiras. Me afundar dentro de em alguém durante uma hora me fazia esquecer o que se esperava de mim no campo ou o que acontecia durante um jogo — seja algo bom ou ruim. Era também uma maneira de queimar a energia de uma partida ou acalmar minha mente quando estava cheia de ansiedade por quão bem eu jogaria durante o próximo jogo. Não importava em que cidade eu estivesse, sempre havia alguém disposto a me ajudar.

Depois de me refrescar, encontrei com Nash e Forrester no saguão, e fomos a um bar na rua de nosso hotel em Nova York. Os outros ficaram para trás, porque estavam exaustos demais do jogo — *fracos*. Não importava, porque Nash e Forrester eram meus amigos mais próximos no time. Nesse time atual, eu era o que estava há mais tempo com os Cardinals. Nash, nosso receptor titular, foi negociado do Toronto há dois anos, e Forrester, nosso interbase, veio, três anos atrás, de Miami.

— Não se esqueça de que você está pagando — Nash me lembrou, enquanto andávamos pela rua.

— Sim, sim. — Eles não tinham saído nas noites anteriores para o bar, e eu tinha perdido para ambos em nosso torneio de bilhar no Stadium View depois de dispensar a loira. Loiras não eram o meu lance. Quero dizer, eu não as recusava, obviamente, mas, se tivesse que escolher, optaria por uma bela morena.

Meu celular apitou com uma mensagem de texto, e o tirei do bolso.

> Pai: Precisamos planejar um tempo para nos encontrarmos e discutir a celebração.

Tentei não sentir nada enquanto lia suas palavras, porque não era uma celebração, e todo ano, quando o aniversário se aproximava, ele fodia com minhas emoções. As lembranças, o trauma, a *dor* voltavam para me assombrar, e este ano seria o mais difícil.

> Eu: Após o intervalo do All-Star.

> Pai: Precisamos planejar isso mais cedo.

Eu não queria falar sobre isso com meu pai. Também não queria planejar aquilo com ele.

> Eu: Você não pode planejar sozinho?

Não queria mais discutir com ele, então coloquei o celular de volta no meu bolso. Não era a hora nem o lugar, e as mensagens dele me deixavam de mau humor. Tentei não mostrar para os caras que uma troca de texto que eles não tinham conhecimento me incomodava porque, se mostrasse, teria que explicar o porquê. Eu não era de compartilhar meus sentimentos nem de contar meus problemas às pessoas.

Os caras e eu entramos no bar e fomos direto para uma mesa aberta contra a parede. Como não estávamos em casa no Stadium View, onde o barman já sabia o que a gente queria, fiz meu caminho até o balcão para pedir umas garrafas de Blue Moon.

— Bem, se não é Aron Parker — disse um homem, sentado a alguns bancos de distância de onde eu estava de pé, esperando para chamar a atenção do barman.

— E aí? — respondi, com um aceno de cabeça.

— Pronto para perder amanhã de novo?

Rolei os olhos. A gente jogou mal, mas os Mets também. Tínhamos vencido o primeiro jogo contra, mas tínhamos perdido os dois últimos.

— Eles tiveram sorte.

— Não é sorte, porque se você fosse seu pai...

Isso fez o meu sangue ferver.

— Não fale porra nenhuma sobre meu pai — eu fervilhava. Meu pai era uma lenda do caralho, mas eu não precisava de um idiota qualquer nos comparando. Eu sempre me esforçava para ser o jogador que meu pai era, e talvez tivesse inveja dele, mas isso porque ele era o melhor.

— Uau. — Levantou as mãos. — Um pouco irritado, não?

O barman finalmente apareceu, e ignorei o babaca dois assentos para o lado.

— Duas jarras de Blue Moon.

O cara ficou de pé, e endireitei os ombros, pronto para derrubá-lo, caso fosse necessário. Enquanto ele passava, murmurou:

— Idiota.

Sorri. Eu *era* um idiota e não me importava. Assim que eu era conhecido no campo. Alguns me chamam de exibido, mas chamo de saber que sou o melhor defensor externo direito no jogo. Quando alguém tinha minhas estatísticas e jogava como eu — e como meu pai —, então poderiam falar a merda que quisessem. Até lá, eu manteria minha cabeça erguida e não deixaria ninguém tentar me derrubar — especialmente um idiota qualquer em um bar.

O barman colocou duas jarras na minha frente, e lhe entreguei o dinheiro antes de caminhar de volta para Nash e Forrester, as duas alças das jarras em uma das mãos e os três copos de cerveja na outra.

— Aquele cara estava te incomodando? — Nash perguntou, enquanto eu colocava as jarras na mesa.

— Sim, só um bêbado falando merda sobre como a gente joga mal.

Forrester riu.

— A gente joga mal.

— Sim, até aí tudo bem, mas ele começou a falar do meu pai — justifiquei.

— Que idiota — Nash concordou, derramando cerveja em um copo. Ele o colocou na minha frente.

— Às vezes, eu gostaria de socar estes imbecis que abrem a porra da boca sabendo que não podemos fazer merda nenhuma com eles.

Nash estava certo. Se tivéssemos problemas — uma briga de bar, dirigir embriagado, o que quer que seja —, estaríamos ferrados com a liga. No mínimo, receberíamos multas e suspensão. Na pior das hipóteses, poderia acabar com nossas carreiras.

Tomei um longo gole de minha cerveja, precisando dela em meu sistema rapidamente antes de olhar ao redor do bar, procurando ver se havia garotas gostosas que eu pudesse levar de volta para o quarto de hotel. Quando eu estava em casa em St. Louis, nunca levava mulher nenhuma de volta para minha casa. Elas não precisavam saber onde eu morava, mas, na estrada, podiam voltar para o meu quarto de hotel onde eu mandaria recodificar as fechaduras para o caso de terem roubado uma chave depois de mandá-las embora.

Poucos momentos depois, a mulher perfeita entrou. Entornei o resto da cerveja, pisquei o olho para meus dois amigos, e fui até a morena.

— Oi — cumprimentei, ligando o encanto.

Ela piscou e depois gaguejou:

— O... Olá.

Sim, ela sabia quem eu era. Eu me apoiei no bar, de frente para ela.

— O que você está bebendo?

— Eu estou... — Olhou para a porta e depois pra mim. — Apenas água.

Eu neguei e sorri para ela.

— Água?

Antes que ela pudesse responder, o cheiro de cigarro encheu o ar, e o cara de antes de apareceu.

— O que está acontecendo aqui?

— Não é da sua conta — rebati, mal olhando na sua direção.

— Ela é minha namorada, seu babaca. É melhor acreditar que é da minha conta.

— Estávamos apenas conversando — respondeu a morena, colocando a mão no peito dele.

Senti Nash e Forrester se aproximando, mas não me virei para olhar para eles. Ao invés disso, fiquei de frente para o maldito.

— Conversar é crime agora, idiota?

O cara deu um passo em minha direção, e eu mesmo me aproximei, esperando que desse o primeiro golpe. Em vez disso, Forrester se enfiou entre nós, me empurrando pra trás.

— Ele não vale a pena.

Segurei no ombro de Forrester, sabendo que ele não valia a pena, como meu colega de time havia dito, mas não podia ir embora. Empurrando Forrester para o lado, contornei e fui direto para o babaca. Ele recuou, não esperando que eu avançasse.

Nash interveio, ele e Forrester agarrarando meus dois braços, me prendendo.

— Me solta! — Tentei me libertar.

— Nah, cara. Vamos embora — Nash pediu, e ambos me arrastaram para fora do bar. — Que porra você está fazendo?

— Eu estou bem. — Eu os afastei de mim assim que estávamos do lado de fora.

— Está? — perguntou Forrester, me desafiado. — Você quase deixou um idiota qualquer a arruinar sua carreira. O que está acontecendo?

— Nada — respondi. — Eu teria pago a multa por ter apagado ele.

— Leve essa raiva para o campo amanhã — Nash sugeriu.

— Sim, tanto faz.

Andamos os poucos quarteirões de volta para o hotel, e enquanto esperávamos pelo elevador, Nash perguntou:

— Você tem certeza de que está bem?

— Sim. — Acenei com a cabeça.

— Não deixe que algum imbecil te atinja, cara — reiterou Forrester.

Acenei com a cabeça.

Nós nos separamos quando estávamos no nosso andar. Apesar do que eu havia dito aos caras, ainda estava irritado, mas sabia que não deveria voltar para o bar, especialmente sozinho. Ao invés disso, tirei minha camiseta, minha calça jeans e rastejei até a cama *king size*. Agarrando meu iPad, entrei em um site de pornografia. Encontrei um vídeo que despertou meu interesse, apoiei o dispositivo na cama para que pudesse ter as duas mãos livres, e dei *play*.

Depois de passar rapidamente pelo cenário de um faz-tudo consertando a pia da cozinha da mulher, os dois começaram a se beijar. Esticando o braço, acariciei meu pau lentamente e os dois na tela começaram a se despir. A mulher se ajoelhou, pegando o pênis do cara, e enquanto ela o bombeou, minha velocidade aumentou para cima e para baixo do meu eixo.

Desejei não ter feito merda no bar para poder ter uma boca quente ao redor do meu pau ao invés da minha mão.

Uma língua molhada me lambendo como se eu tivesse o melhor pau que já tinha provado.

Outra pessoa brincando com as minhas bolas na palma da mão. O dedo de outra pessoa deslizando para dentro do meu buraco enrugado.

Com uma das mãos bombeando meu pau e um dedo da outra mão no meu traseiro, eu gozei, atirando esperma no meu abdômen esculpido.

NEGOCIADO

Os Mets tinham seu arremessador veterano, Drew Rockland, e eu o observei do círculo do campo, enquanto ele se aquecia arremessando algumas bolas. Eu sempre era o rebatedor líder, mas não precisava ver uma tonelada de arremessos para aperfeiçoar meu ritmo. Eu podia rebater o arremesso de qualquer um.

Uma vez que Rockland estava pronto, meu nome foi anunciado sobre o sistema de alto-falante sem minha música de entrada tocando, já que não estávamos jogando em casa. Não importava. Não incomodou quando a torcida começou a vaiar também. Eu estava acostumado a isso, porque, quando alguém rebatia como eu, os fãs do outro time passavam a te odiar, e eles sabiam que estávamos prestes a foder com eles.

Caminhando até a caixa do rebatedor, observei Rockland, que usava o saco de resina para secar sua mão. Eu sorri, sabendo que arruinaria a chance dele de conseguir um *no-hitter* na minha primeira oportunidade no bastão. Ele se curvou na altura da cintura, pegando seu sinal do receptor, e levantei meu braço esquerdo, alinhado pelos nós dos dedos, e esperei o lançamento.

Uma bola rápida desceu bem no meio do prato, e eu me movi, mandando-a sobre a cerca do campo à direita.

Foi assim que o jogo começou.

Eu sabia que isso tinha irritado Rockland e os Mets, mas foi o que fiz.

Na minha oportunidade seguinte no bastão, ainda estávamos em 1-0, pois meu *home run* foi o único ponto do jogo. Olhei para Rockland quando ele se preparou. O que ele ia jogar para mim? Uma bola rápida pelo centro da placa novamente? Uma bola curva? Uma deslizante?

O primeiro arremesso foi rápido e para fora: *bola um*.

O segundo arremesso foi baixo e por dentro: *bola dois*.

Rockland estava concentrado, tentando manter a bola longe de onde eu pudesse rebate-la novamente. Eu estava mexendo com ele, fodendo com seu jogo, então pisquei o olho.

Ele me olhou e arremessou a terceira bola. Era rápida, pensei que iria para fora, mas o árbitro discordou: strike.

Eu não estava preocupado.

Rockland recebeu seu próximo sinal, e eu esperei. A bola subiu alta e pra dentro. Joguei-me no chão. A multidão vaiou. Maldito idiota. Eu ainda estava irritado com o que aconteceu no bar e não precisava de um *cara velho* me tirando da porra do lugar, tentando me superar.

Uma vez que eu estava de pé e na caixa de novo, olhei de relance para o maldito. Ele recebeu seu sinal e a bola veio rápida e para fora do *home plate*: bola quatro.

Joguei o taco no chão, correndo para a primeira base. O tempo todo, olhava fixamente para o idiota, e ele olhou para trás. Nenhuma palavra foi trocada, mas, quando cheguei à primeira base, disse ao meu adversário que cobria a área:

— Diga a esse idiota que se ele fizer essa merda de novo, eu vou chutar o traseiro dele.

— Não é como se você não merecesse.

Eu grunhi.

— Vai se foder.

— Não, obrigado.

Durante a minha próxima oportunidade no bastão, ficou claro que Rockland entendeu a mensagem enquanto enviava seu próprio recado com o primeiro arremesso, entrando e me acertando nas costelas. Sem hesitar, deixei meu taco cair no chão e fui para cima do infeliz.

NEGOCIADO

CAPÍTULO 4
DREW

— Seu filho da puta! — Parker gritou, largando o taco e avançando em minha direção.

Assim que entrou na caixa do batedor, eu estava pronto pra ele. Não esperei um sinal de Anderson. Só me preparei e joguei. A bola rápida acertou Parker nas costelas, e pronto.

— Você queria chutar minha bunda? Pode vir! — Rosnei, deixando a luva no chão.

Martinez, nosso jogador de primeira base, tinha ido para o banco depois que fiz meu arremesso para o Parker durante sua última rebatida. Ao jogar a luva no banco, ele disse:

— Parker é um completo idiota.

— Ninguém vai discordar de você. — Eu ri. Aron Parker tinha a reputação de ser um filho da puta arrogante. Eu tinha visto por mim mesmo sempre que jogávamos contra os Cardinals. Quando ele acertou um home run no primeiro arremesso, fiquei furioso. Sabia que não deveria servir uma bola rápida bem no meio do home plate, mas errei o alvo. Quando ele trotou pelas bases com aquele sorriso arrogante no rosto, eu vi vermelho. Nada me irrita mais do que alguém que se diverte demais com as próprias palhaçadas.

— Ele tinha uma mensagem para você. — Virei-me para olhar para Martinez. — Disse que vai chutar sua bunda se você arremessar nele de novo.

Eu ri. Parker tinha acabado de agitar uma bandeira vermelha na frente de um touro.

— *Ei, Anderson* — chamei. — *Aconteça o que acontecer lá fora durante a próxima tacada de Parker, deixe-me dar pelo menos um soco antes de ficar entre nós.*

Ele sorriu.

— *Entendi.*

Era uma regra tácita que os receptores se certificassem de que seus arremessadores fossem protegidos, mas não era isso que eu queria. Alguém precisava colocar aquele egoísta em seu lugar, e eu tentei, o acertando nas costelas com minha bola rápida.

Com o canto do olho, podia ver meus companheiros de equipe correndo para fora do banco, e sabia que o resto do meu time estava vindo atrás de mim, mas meu foco estava no idiota na minha frente. Não olhei para o banco dos Cardinals, mas presumi que estavam vindo também.

Assim que Parker estava a uma distância de ataque, eu o golpeei com o punho direito. Sua cabeça foi ligeiramente jogada para trás antes que lançasse um gancho de esquerda, que esquivei. Mirando nas costelas que bati com a bola rápida, dei outro soco, querendo fazê-lo se dobrar de dor. Em vez disso, eu errei. Ele tentou um gancho de direita, que eu desviei, e nos endireitamos, ambos com os punhos na nossa frente.

Parker me surpreendeu com outro soco, me acertando bem no queixo. Fiquei meio zonzo, e levou um segundo para eu me recuperar. Assim que estava com o objetivo de dar outro golpe, braços me puxaram para trás. Continuei tentando me soltar, tentando chegar em Parker, mas seus companheiros de time o estavam puxando também. Finalmente, estávamos todos separados e não demorou muito para os árbitros sinalizarem que Parker e eu fomos expulsos do jogo.

Descendo os degraus que levavam à sede do clube, percebi que as consequências da luta não haviam acabado. Haveria multas e uma suspensão no meu futuro. Tínhamos apenas mais alguns jogos antes do intervalo do All-Star, e o prazo de negociação seguiria logo depois. Eu já estava no limite, sem saber se meu futuro com o Mets estava garantido, então o momento não poderia ter sido pior.

Mas, antes de lidar com essa merda, eu teria que enfrentar a ira do nosso empresário.

NEGOCIADO

— O que diabos aconteceu lá fora? — Coleman perguntou, enquanto eu me sentei em seu escritório depois que a sede do clube foi esvaziada naquela noite. Ele já havia falado com a mídia, alimentando-os com as besteiras típicas depois de uma briga.

— Perdi a calma, só isso. Não gosto de como esse cara se comporta em campo e deixei minhas emoções tomarem conta de mim. Não vai acontecer de novo.

Eu não estava mentindo. Era necessária muita coisa para eu perder minha calma durante um jogo. Não conseguia me lembrar da última vez em que me envolvi em uma briga, muito menos de ter instigado uma — dentro ou fora de campo —, mas algo em Parker me incomodava, e eu estava irritado comigo mesmo por tê-lo deixado entrar na minha mente.

— Bem, espero que tenha valido a pena. Você sabe que a liga vai te suspender, e você vai perder uns jogos como titular, e suas palhaçadas de merda nos colocam em uma posição fodida. Partimos hoje à noite para Chicago, e agora não sei o que fazer com você. — Jogou a caneta sobre a mesa em frente.

— Sobre isso, não vou recorrer de nenhuma ação disciplinar. Prefiro deixar essa situação para trás para poder voltar e ajudar na rotação.

Ao perder minha próxima vaga de titular, Coleman precisaria mudar a rotação do arremesso. Isso significava que meus companheiros de equipe provavelmente lançariam com menos descanso do que estavam acostumados. Não havia nada que eu pudesse dizer para melhorar a situação, mas poderia ajudar não prolongando o inevitável.

— Você deveria ir para casa e descansar um pouco. Tenho certeza de que ouviremos algo amanhã sobre o que estamos analisando em relação à suspensão.

— Obrigado, Skip. Eu realmente sinto muito. — Dei um aceno para Coleman e voltei para meu armário para pegar as coisas.

Como meus companheiros de time já haviam saído, não precisei falar com ninguém. Depois do jogo, pedi desculpas a eles, mas, como acabamos perdendo, poucas palavras foram trocadas.

Quando cheguei em casa, fiquei surpreso ao ver vários amigos de Jasmine em nossa sala de estar. Ela estava assistindo ao jogo do camarote das famílias no estádio, mas mandei uma mensagem para ela e sugeri que fosse para casa, sem saber quanto tempo eu demoraria.

— Cara. Jogo louco — Zane disse, enquanto eu jogava minhas chaves na mesa perto da porta da frente.

Eu o ignorei e me aproximei da minha namorada, que ainda não tinha me visto.

— Não sabia que estávamos dando uma festa — sussurrei, me abaixando para beijar seu pescoço.

— Bem, Casey me ligou depois da sua briga. Acontece que ela tem uma queda por aquele cara Aron. Eu a convidei para sair, porque não sabia quanto tempo você demoraria. Ela estava com algumas outras pessoas, que vieram também.

Antes que eu pudesse fazer mais perguntas, Casey se juntou a nós.

— Eu não posso acreditar que você bateu em Aron Parker. Ele é o cara mais gostoso do beisebol.

Jasmine se virou para mim com um sorriso, mas esse sorriso desapareceu quando viu meu rosto.

— Baby, você está bem? — ela perguntou, correndo os dedos sobre minha mandíbula macia.

— Está tudo bem, apenas um pequeno hematoma. — Pisquei. — Foi uma longa noite. Eu vou para a cama. — Abaixei-me e sussurrei em seu ouvido: — Venha se juntar a mim em breve.

O alarme de Jasmine soou e joguei um travesseiro sobre a cabeça para abafar o barulho.

Durante toda a noite, eu me revirei na cama, pensando sobre as consequências da minha luta com Aron Parker. Não me arrependi de acertá-lo com a bola rápida ou de socá-lo quando veio para cima de mim. O que estava me incomodando era perder a oportunidade de estar com meu time enquanto terminávamos nossos jogos antes do intervalo do All-Star. Eu nunca tinha sido suspenso antes, e não estava sabendo como lidar com isso.

Jasmine finalmente silenciou seu celular. Ela estava voando para Los

Angeles para uma sessão de fotos e depois para Paris para um desfile. Esperava que tivéssemos tempo para um pouco de ação matinal antes que ela partisse para o aeroporto em algumas horas. Não importava que estivéssemos juntos na noite anterior. Não conseguia me cansar dela. Ela era, de longe, uma das mulheres mais gostosas que já conheci e estava sempre procurando se divertir. Minha vida nunca foi monótona com ela por perto.

Tentei despertá-la com alguns beijos em seu pescoço, correndo as mãos sobre seu corpo nu. Eu adorava quando ela dormia nua.

— Drew, eu preciso me levantar. — Ela riu, mas não fez nenhum esforço para se mover.

— Você não precisa estar no aeroporto por mais duas horas. Nós temos tempo. — Passei os dedos lentamente sobre seu quadril, descendo para sua boceta.

Ela gemeu e rolou em minha direção.

— Tenho que sair em breve. O serviço de carro vai me pegar primeiro, e então vamos pegar Zane.

Meus dedos pararam sua exploração.

— Zane? — Era o idiota que tentou falar comigo sobre a briga quando cheguei em casa. — Eu não sabia que você estava indo para Los Angeles com alguém.

— Vamos fazer a sessão de fotos juntos. — Ela se inclinou e me beijou, mas fomos interrompidos pelo alarme novamente. — Preciso tomar banho antes de me atrasar.

— Eu posso ser rápido. — Estendi a mão e apertei sua bunda enquanto ela saía da cama.

Ela se virou para mim com um sorriso no rosto. Sim, ela não ia a lugar nenhum ainda.

— Fique de quatro — instruí, abrindo espaço para ela no meio da cama.

Uma vez que ela estava em posição, eu me movi por trás e me inclinei para correr a língua de seu clitóris até as bochechas de sua bunda. Circulei a língua em torno de seu botão apertado e senti seu corpo estremecer. Eu disse a ela que me apressaria, mas ainda garantiria que ela recebesse cuidados.

— Drew, eu preciso de mais — ofegou.

Corri a língua por suas dobras mais algumas vezes antes de me endireitar e alinhar meu pau com sua entrada, empurrando lentamente dentro dela. Eu a provoquei um pouco com movimentos longos e deliberados, mas, quando ela empurrou de volta contra mim, eu peguei o ritmo. A cabeceira da cama batia na parede com cada estocada, e podia sentir sua boceta começar a se apertar em torno de mim. Minha própria libertação não estava longe, e estendi a mão entre nós, correndo meus dedos por sua excitação antes de usar meu polegar para circular seu cu. Gentilmente empurrei o polegar dentro dela, desencadeando o orgasmo dos dois.

— Agora eu realmente preciso me preparar — Jasmine avisou, saindo da cama, ainda um pouco trêmula, meu esperma escorrendo por suas coxas.

Eu a segui até o banheiro e me juntei a ela em nosso grande chuveiro. Levaria um tempo até a gente se ver novamente, e queria aproveitar o máximo de tempo possível com ela.

O carro de Jasmine a pegou na hora certa, e então eu estava sozinho com nada a fazer além de esperar por notícias da liga. Felizmente, a espera foi breve e recebi uma mensagem do meu treinador uma hora depois.

> Coleman: Você está fora de cinco jogos.

Não demorou muito para que mais mensagens chegassem.

> Anderson: Acabei de ver as notícias no SportsCenter. Cinco jogos? Isso é péssimo.

A próxima foi do meu agente, Barry Santos.

> Santos: Verifique no seu e-mail a carta oficial da liga. Cinco jogos sem pagamento, mais uma multa de US $ 10 mil. Tem certeza de que não quer apelar?

Não mudaria de ideia sobre o apelo, mas também não estava ansioso para passar a semana seguinte sozinho.

Infelizmente, parecia que eu não voltaria ao meu time até depois do intervalo do All-Star.

CAPÍTULO 5
ARON

Meu sangue estava em chamas, mas tinha que admitir que socar Rockland era o que precisava para superar a noite anterior no bar. Ele não era inocente em tudo o que aconteceu, mas fui eu quem deu início à briga em vez de caminhar até a primeira base e só ignorar.

Foi a primeira briga que tive em campo. As pessoas mais do que provavelmente presumiram que entrei em uma tonelada delas por causa de quão arrogante eu era, mas ninguém nunca tinha vindo para mim como Rockland. Os arremessadores me acertaram várias vezes, mas nenhum foi intencional como o que ele lançou.

Após a luta, fui examinado para ter certeza de que não havia costelas quebradas e, quando o jogo acabou, fui repreendido pelo meu treinador antes de entrarmos no ônibus para o aeroporto. Nossa próxima série era contra os Nationals, então tivemos um voo curto para Washington, DC. Assim que entramos no hotel, refleti sobre o jogo. Eu sabia que seria suspenso. Não havia como a MLB deixar uma briga de lado. Não sabia quanto tempo duraria a suspensão, mas sabia que perderia pelo menos alguns jogos.

Meu celular tocou quando puxei um par de boxers da bagagem. Era meu pai. Eram três da manhã em Washington, mas apenas meia-noite em São Francisco, onde ele ainda morava. Ele devia estar esperando para ligar até saber que eu estaria sozinho na minha suíte de hotel.

Respirei fundo, me preparando para sua fúria.

— Ei, pai — respondi.

— Você ficou maluco, porra? — gritou. Essas palavras eram exatamente o que eu esperava dele.

Engoli em seco e sentei na beirada da cama *king size*.

— Então, você viu.

— Vi. Ouvi. Recebi uma dúzia de mensagens de texto. Todo mundo viu, Aron.

Fiz uma anotação mental para procurar a luta na internet, porque tinha certeza de que os canais de esportes estavam falando sobre isso.

— Aquele idiota me acertou intencionalmente.

— Os arremessadores fazem isso, filho. Você sabe bem. Mas não pode partir para briga toda vez que isso acontece.

— Eu sei — sussurrei. Não ia dizer a ele que quase briguei no bar na outra noite também. Normalmente, eu mantinha minhas emoções sob controle, mas estava surtando com algo que não estava disposto a lidar no momento.

— Você sabe que será suspenso e multado.

— Eu sei — repeti.

— Você tem sorte que isso aconteceu depois que entrou no time do All-Star.

Fechei os olhos e respirei fundo, sabendo que ele estava certo. Seria meu sexto ano no All-Star, e eu adorava jogar com os melhores dos melhores, mesmo que fosse apenas um jogo. O Home Run Derby, competição entre os melhores rebatedores de *home run* da MLB, também seria emocionante. Eu ainda tinha que acertar o maior número de *home runs* durante o jogo, mas era um objetivo meu; como eu provavelmente teria os próximos jogos de folga, ficaria nas gaiolas de rebatidas para treinar.

— Espero que a briga tenha valido a pena — meu pai continuou. — Mas não faça essa merda de novo.

— Eu não vou. — Pelo menos, não planejava fazer isso de novo.

Desligamos e fui ao banheiro, levantando a camiseta para ver minhas costelas. Elas já estavam ficando roxas onde Rockland tinha me acertado, mas nada que um ibuprofeno não resolvesse. No entanto, percebi que não havia um hematoma no meu rosto onde ele me deu um soco.

Fracote.

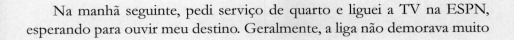

Na manhã seguinte, pedi serviço de quarto e liguei a TV na ESPN, esperando para ouvir meu destino. Geralmente, a liga não demorava muito para entregar sua punição. Eu poderia entrar com um recurso se quisesse, mas com o All-Star chegando, fazia mais sentido cumprir qualquer suspensão e deixar aquilo para trás.

Não havia nada sobre a briga em nenhum canal de esportes, então peguei meu telefone e procurei. Com certeza, havia vários vídeos. Apertei o *play* em um e assisti, sorrindo o tempo todo. Houve socos perdidos, mas conseguimos alguns golpes sólidos um contra o outro e, para uma luta de beisebol, foi épico. Na maioria das vezes, uma briga só tinha jogadores gritando uns com os outros. O receptor geralmente corria e bloqueava o arremessador antes que alguém chegasse perto o suficiente para as coisas ficarem físicas, mas notei que o companheiro de Rockland demorou a fazer alguma coisa. Aquele idiota deve ter dito a ele suas intenções antes de dar início à jogada.

Meu celular tocou e eu o peguei na mesa de cabeceira. Era uma mensagem do empresário dos Cardinals.

> Barker: Vista-se. Estou a caminho do seu quarto.

Coloquei uma calça jeans e uma camiseta preta antes de baterem na porta. Abrindo-o, sorri para Barker e usei o apelido que os jogadores tinham para seus treinadores.

— Skip.

Ele me entregou um envelope.

— Recebi isso há alguns minutos. Você está fora de três jogos e precisa pagar dez mil.

Acenei em compreensão quando peguei o envelope.

— Entendi.

— Já que estamos na estrada, você vai ficar com o time. Só não poderá sentar no banco ou passar um tempo na sede do clube.

— Entendido.

— Um conselho — começou, se afastando. — Resolva suas frustrações na academia e não no campo.

— Sim, senhor.

Nos três dias seguintes, enquanto o time jogava contra o Nationals, eu me ocupei na academia e nas gaiolas de rebatidas. Embora normalmente pensasse no próximo jogo enquanto treinava, desta vez concentrei-me no All-Star Game e no Home Run Derby.

O suor escorria de todas as partes do meu corpo enquanto eu batia bola após bola entregue pela máquina de arremesso. Não tinha certeza de quanto tempo passei na gaiola, mas o jogo ainda estava acontecendo quando entrei no chuveiro. Enquanto estava lá, pensei em Rockland. Ouvi que ele tinha recebido uma suspensão de cinco jogos, mas só peguei três. Pode ter parecido que ele recebeu uma punição mais severa, mas ele só perderia uma titularidade, enquanto eu perderia três. Eu me perguntava como ele estava passando o dia. Ele tinha frustrações que precisava resolver ou já havia superado a luta? Estava irritado comigo mesmo por pensar nele. Ele não era um All-Star, e eu não deveria ter deixado um idiota, que era apenas um arremessador titular, me irritar.

Eu era melhor que isso.

O All-Star e o Home Run Derby estavam sendo realizados em Denver, então, na noite anterior ao Derby, saí com alguns caras para um bar no centro da cidade. Depois de pegar algumas cervejas, sentamos em uma mesa para conversar.

— Ouvi a nova música do seu homem — Prescott disse para o Rodgers. Prescott jogou pelos Braves e Rodgers pelos Diamondbacks.

Uma das melhores partes do All-Star era sair com jogadores que eu não via regularmente, e tinha esquecido que Slate Rodgers tinha se assumido no Oscar do Esporte Americano do ano passado. Seu namorado, Vaughn Evans, era uma estrela do rock e guitarrista do Playing with Fire.

Não me incomodava que ele fosse gay. O que as pessoas faziam no quarto não era da minha conta, e fiquei feliz por não ter afetado sua carreira na liga principal, porque havia poucos jogadores corajosos o suficiente para se assumirem.

— Sério? — Rodgers sorriu largo, claramente orgulhoso de seu homem. — O que achou?

— Eu adorei — Prescott respondeu. — Ouvi umas cinco vezes.

NEGOCIADO

— Qual é o nome? — perguntei, abrindo meu telefone para procurar.

— *Silent Whispers* — Rodgers respondeu.

Digitei e depois apertei o *play*. Uma guitarra tocou um *riff* de abertura antes da letra começar. Ouvimos a música inteira, e olhei para Rodgers algumas vezes enquanto ele sorria.

A música era foda, algo que poderia me animar na academia ou antes de um jogo, e salvei um link para ouvir mais músicas do Playing with Fire depois.

— Tudo bem, então vamos apenas sentar aqui e não falar sobre isso? — Todos olharam para Butler, que jogava pelos Mariners, sem ter a menor ideia do que ele estava falando. Ele me encarou.

— O quê? — indaguei.

— Você sabe o quê — insistiu.

Minha testa franziu.

— Quer dizer o que aconteceu comigo e Rockland?

— Sim. Joguei com o cara alguns anos atrás. Nunca o vi perder a calma assim antes.

Toda a atenção estava em mim, e dei de ombros.

— Nós entramos em uma briga. Fim da história.

— Não é todo dia que há uma briga, Parker — Prescott afirma.

— Sim, bem, não é todo dia que algum idiota me acerta nas costelas com um arremesso também — informo a eles.

— Ele provavelmente quer ser conhecido por algo antes de se aposentar — Marcus sugere. Ele jogou pelos Cubs.

— Conhecido por acertar rebatedores com arremessos? — questionei.

Marco balançou a cabeça.

— Conhecido por socar o bastardo arrogante.

— Você quer dizer eu? — argumentei.

Ele assentiu.

— Você é o bastardo mais arrogante de todo o beisebol.

Aqui vamos nós...

— Está com ciúmes do meu pau? — provoquei.

— Ninguém tem ciúmes do seu pau, Parker. Todo mundo aqui fode rabos o suficiente. — Prescott riu.

— Falando nisso... — Bebi minha cerveja, observando um grupo de mulheres entrar no bar. — Vejo vocês, filhos da puta, no jogo.

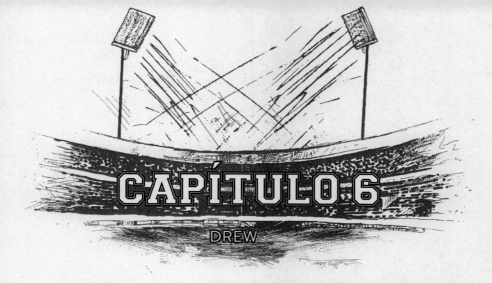

CAPÍTULO 6
DREW

Minha suspensão foi mais difícil para mim do que eu esperava. Consegui manter minha rotina de exercícios e fiz algumas sessões de *bullpen* no Citi Field enquanto o resto do time jogava na estrada, mas também me deu muito tempo para pensar — e não sei dizer se isso foi algo bom.

Jasmine esteve fora durante a suspensão inteira, e eu sentia falta dela. Nós dois estávamos tão ocupados que mal nos víamos. Quando começamos nosso relacionamento, entendemos que ambos tínhamos carreiras que exigiam a maior parte do nosso tempo. Nós fizemos funcionar, nos falando pelo FaceTime e por mensagens.

O beisebol era minha vida desde que me lembro, e eu adorava o esporte, mas ficar em casa me fez pensar no que faria quando me aposentasse. Meu tempo na liga principal terminaria mais cedo ou mais tarde por causa da idade, mas estava determinado em aproveitar ao máximo o tempo que me restava.

Após o intervalo do All-Star, voltei para o time. Estávamos em St. Louis, jogando outra série contra os Cardinals. Fiquei em êxtase por voltar e ansioso para ser titular em alguns dias.

Infelizmente, o primeiro jogo não foi do nosso jeito. Foi acirrado, mas os Cardinals conseguiram uma vitória. Normalmente, depois de uma derrota, voltávamos para o hotel, mas estávamos em uma nova cidade, e alguns dos caras queriam curtir.

— Você vai sair com a gente hoje à noite? — Flores, um de nossos defensores da área externa, perguntou, enquanto entrávamos no ônibus para nos levar de volta ao nosso hotel.

— Claro. Qual é o plano?

NEGOCIADO

— Há um bar na rua do hotel. Alguns dos caras querem dar uma olhada.

— Parece bom para mim.

A viagem até o hotel levou apenas quinze minutos. Vários dos caras estavam em seus celulares, provavelmente falando com suas famílias, enquanto esperávamos pelos elevadores.

— Eu te encontro no saguão em dez minutos — avisei a Flores, saindo no meu andar.

Uma vez que estava no meu quarto, peguei o celular para verificar se tinha alguma mensagem de Jasmine. Ela voltou para Nova York no momento em que eu estava partindo para St. Louis. Tinha algum tipo de evento beneficente para participar, então não foi surpresa que eu não tivesse uma mensagem ou chamada dela.

Digitei uma mensagem rápida avisando que estava saindo e falaria com ela mais tarde, quando ela voltasse para casa. Antes que pudesse guardar meu celular, recebi uma notificação.

Achei que seria uma resposta de Jasmine me informando que ela já estava em casa. Em vez disso, era da minha mãe.

Ela ainda morava em nossa cidade natal em Nebraska, e me certifiquei de que tivesse um pacote de beisebol com seu serviço de TV a cabo para que pudesse assistir aos jogos, não importava onde estivéssemos jogando. Também dei a ela minhas datas como titular programadas, para que soubesse quando eu iria jogar.

> Mãe: Assisti ao jogo hoje à noite. Não se preocupe. Vocês vão vencê-los amanhã. Eu te amo.

Eu ri. Ela me mandava as mesmas mensagens encorajadoras de quando joguei na Liga Juvenil, e eu a amava por isso. Não importava quantos anos eu tivesse; não havia sensação melhor do que minha mãe estar orgulhosa de mim. Ela era minha maior fã.

Respondi a mensagem, avisando o quanto eu era grato e que a amava também, antes de enfiar o celular no bolso e a carteira no outro e ir para o saguão.

Entramos no Thirsty's, e o lugar ficou em silêncio enquanto os clientes sentados no bar olhavam para nós. Não era uma reação incomum quando um time adversário entrava em um local. Às vezes, as coisas ficavam feias, especialmente depois de uma derrota, quando os bêbados falavam merda, mas, felizmente, todos se viraram e continuaram suas conversas depois de nos darem uma olhada rápida.

Havia algumas mesas vazias no canto, e nosso grupo foi para lá, enquanto Flores foi ao bar pedir uma cerveja pra gente. Eu não era muito de beber, mas, já que estamos fora de casa, tomaria uma.

— Cara, é bom ter você de volta — Anderson disse, enquanto se sentava ao meu lado.

— É bom estar de volta. A última semana foi uma merda.

— Então, não precisamos nos preparar para uma repetição quando você for arremessar no domingo? — Jones, outro defensor externo, perguntou.

— Espero que não — Anderson interveio. — Martinez quase me derrubou quando foi te tirar daquele punk.

— Contanto que Parker não fale merda de novo, acho que ficaremos bem. — Martinez acenou para mim. Era bom saber que eles me davam apoio.

Flores voltou com três jarras e um monte de copos para a mesa. Todos pegaram uma bebida e começaram a relaxar quando Anderson recebeu uma notificação em seu telefone.

— Droga, parece que Sutton foi negociado do Astros para o Phillies.

Sutton jogou conosco no ano passado, mas foi negociado no meio da temporada. Alguns caras eram apenas azarados e nunca ficavam em um lugar por muito tempo.

— Acha que haverá alguma surpresa tardia este ano? — perguntou Flores.

De repente, meu estômago se embrulhou. Todo ano, tinha pelo menos uma negociação que ninguém esperava. Estávamos a apenas dois dias do prazo e não havia grandes novidades.

Continuamos a beber e a jogar conversar por um tempo quando algumas Maria Chuteiras vieram para a nossa mesa. Flores e Jones aproveitaram a chance pra conversar com elas, enquanto Anderson e eu tomamos isso como nossa deixa para sair. Ele nunca sonharia em abandonar sua esposa, e eu era um namorado leal. A tentação de uma conexão fácil nunca mudaria meu compromisso com Jasmine.

De volta ao quarto, mandei uma mensagem para ela novamente. Eram duas da manhã em Nova York, mas às vezes seus eventos aconteciam até altas horas da madrugada. Ela mandou uma mensagem alguns momentos depois.

NEGOCIADO

> Jasmine: Estou em uma after party com as meninas. Sinto sua falta. Te ligo de manhã.

Ela enviou outra com alguns emojis de coração. Parecia que eu teria que cuidar de mim mesmo com a ajuda de um pouco de pornografia no meu laptop em vez de sexo por telefone com minha namorada gostosa.

Nosso segundo jogo estava indo melhor do que o primeiro, e tentávamos manter a liderança na parte inferior da nona. Assisti do banco enquanto Parker se dirigia para a caixa do batedor. Ele ainda estava sendo arrogante, talvez mais desde que ganhou o Home Run Derby, e me irritou sentar e observá-lo. Lembrei a mim mesmo que precisava deixar a briga para trás. Homens conseguem cair no soco e depois nunca mais falar sobre isso. Era isso que eu planejava fazer com Parker quando o enfrentasse em nosso próximo jogo.

Com duas bolas fora e um corredor na base, Parker esperou o arremesso com um sorriso no rosto. Presumo que ele tenha pensado que acertaria o *home run* da vitória. Nosso fechador deu o primeiro sinal para Anderson. Depois de acenar com a cabeça ao segundo sinal, ele se preparou para arremessar e o fez. Parker acertou um pedaço da bola, que foi diretamente para Martinez. Com uma rápida marcação na primeira base, o jogo acabou e conseguimos uma vitória.

Sorrindo, olhei para Parker enquanto todos saíam do banco para parabenizar nosso time. Nós dois nos encaramos, e pisquei para ele da mesma forma que ele tinha feito da última vez que nos enfrentamos. Ele olhou para mim, e se olhares pudessem matar, eu teria sido um homem morto.

Não me importei. O idiota rebateu para fora, e eu não poderia estar mais feliz.

A sede do clube fervilhava com a energia da nossa vitória. Os caras comeram alguma coisa, tomaram banho e estavam fazendo planos para mais uma noite de comemoração.

Coleman saiu do escritório de seu treinador convidado.

— Rockland, vista-se e depois venha aqui.

Era raro eu ser chamado em seu escritório depois de um jogo, especialmente quando não tinha arremessado. A última vez foi depois da minha briga, e tive a mesma sensação sinistra que tive naquela noite.

Eu me vesti o mais rápido possível e fui em direção ao escritório de Coleman. Anderson me deu um olhar interrogativo quando passei por ele, mas dei de ombros, porque estava tão confuso quanto.

— Sente-se — Coleman sugeriu, enquanto eu fechava a porta atrás de mim. — Tony está no viva-voz. Tony, pode nos ouvir?

Tony Amato era o presidente de operações de beisebol do Mets.

— Sim, posso te ouvir.

— Vou te deixar falar com Rockland — disse Coleman, e então empurrou o telefone para mais perto de mim.

— Bem, Drew, primeiro, obrigado por todo o seu trabalho duro durante seu tempo com o Mets. Você tem sido uma parte importante da nossa equipe. — Ele estava falando no passado. Isso significava apenas uma coisa. — Mas estamos fazendo algumas mudanças e procurando reconstruir nossa organização. Como parte disso, fizemos uma negociação com os Rockies. Te desejamos boa sorte no seu novo time.

Demorou um minuto para tudo se encaixar. Eu estava sendo negociado. Rapidamente agradeci a Tony por seu tempo e pela oportunidade de jogar pelo Mets nos últimos dois anos e meio.

Depois que ele desligou, Coleman se levantou e veio apertar minha mão.

— Nós vamos sentir falta de ter você conosco. Você é um arremessador excepcional e sei que continuará sendo bem-sucedido. Ligue para o seu agente. Ele tem todos os detalhes que você precisa para ir para o Colorado.

— Obrigado. Gostei de jogar para você — respondi, saindo de seu escritório.

A maior parte do vestiário estava vazia quando terminei com Coleman, mas Anderson e Jones ficaram por perto.

— Então? — questionou Anderson.

— Vou para Denver. — Não havia muito mais a dizer. Negociações aconteciam o tempo todo no beisebol, mas era uma droga deixar um time que você gostava.

NEGOCIADO

Anderson negou com a cabeça.

— Cara, vamos sentir sua falta.

— Ei, os Rockies estão arrasando este ano. Talvez você chegue aos *playoffs*, apesar de tudo — Jones acrescentou. — A gente, por outro lado, definitivamente não vai.

— Sim, talvez.

Os Rockies eram um time sólido e tinham uma chance real de fazer a pós-temporada. Infelizmente, um de seus arremessadores titulares havia sido colocado na lista dos jogadores lesionados antes do intervalo do All-Star, então não foi uma surpresa que precisassem de outro arremessador para seu time antes da próxima rotação. Talvez fosse minha chance de alcançar um objetivo pelo qual sempre lutei.

Nós três fomos para o último ônibus para deixar o estádio. Assim que me sentei, peguei o telefone para mandar uma mensagem para o meu agente, mas ele já havia me mandado uma mensagem.

> Santos: Os Rockies estão indo para casa para uma sequência de quatro jogos. Você vai voando hoje à noite e os encontrará em Denver. Enviei um e-mail com todos os detalhes.

Tudo estava pronto para a negociação, embora eu tivesse acabado de saber disso.

Li o e-mail de Santos voltando para o hotel. A única coisa que restava a fazer era ligar para Jasmine e dizer a ela o que estava acontecendo. Meu estômago voltou a embrulhar. No fundo, eu sabia que ela não sairia de Nova York. Ela construiu uma vida para si mesma lá, e eu não pediria para que desistisse.

Uma vez que eu estava de volta ao meu quarto de hotel, peguei o celular e liguei para minha namorada. O celular tocou algumas vezes. Eu estava preparado para deixar uma mensagem, mas ela atendeu antes que a chamada fosse para o correio de voz.

— Ei, querido. — Ela parecia sem fôlego.

— Oi, linda. O que está fazendo?

— Nada demais. Acabei de terminar a academia — respondeu. — Peguei um pouco do jogo esta noite. Seu time jogou bem.

— Sim, eles jogaram. — *Exceto que não eram mais meu time.*

— Mal posso esperar para te assistir amanhã.

— Sobre isso. — Respirei fundo. — Tenho notícias. — Por que era tão difícil dizer a ela? A situação não era ideal, mas daríamos um jeito.

— Que tipo de notícia?

— Fui negociado para o Colorado.

Ela ficou em silêncio por um momento.

— Jasmine?

— Você vai para o Colorado? Quando?

— Estou arrumando minhas coisas agora, e vou voar hoje à noite.

— Não sei o que dizer.

Esfreguei a mão no rosto.

— Olha, faltam apenas alguns meses para a temporada terminar. Nova York ainda será minha casa quando não estiver jogando. Temos tempo para descobrir a logística. Vai ficar tudo bem, eu prometo.

Tinha que ficar tudo bem.

— Sim. — Sua voz falhou.

— Você está bem?

Teria sido melhor se o anúncio comercial tivesse acontecido enquanto estávamos em Nova York. Eu preferia ter conseguido falar com ela pessoalmente, onde pudesse abraçá-la e tranquilizá-la de que daríamos um jeito.

— Sim. Talvez eu possa fazer planos para visitá-lo em breve. Nunca estive no Colorado antes, e ouvi dizer que é lindo.

— Isso soa perfeito. — Olhei para a hora e percebi que precisava me apressar se quisesse pegar o voo. — Ouça, tenho que terminar de fazer as malas, mas ligo para você de manhã. Eu te amo.

— Eu também te amo.

Terminei a ligação me sentindo um pouco melhor. Morar em estados diferentes não seria fácil, mas nossos horários muitas vezes nos separavam quando eu estava em Nova York. A mudança temporária — pelo menos até o fim da temporada — era apenas mais um obstáculo que tínhamos que superar.

NEGOCIADO

CAPÍTULO 7

ARON

Eu queria tirar aquele maldito sorriso do rosto de Rockland.

Depois que acertei a jogada final na primeira base, meu olhar se moveu para o banco dos Mets, como se o procurasse. Ele estava olhando diretamente para mim e o encarei. A porra do idiota piscou para mim e quase pensei em atacá-lo novamente.

Em vez disso, passei pelos bancos, desci as escadas e fui direto para o vestiário.

Houve momentos em que acertei pop-ups, arremessos de linha ou bolas no campo interno e joguei para fora, mas, quando um jogo estava em questão e a corrida de empate era a primeira, eu sempre esperava acertar um *walk-off*, vencendo o jogo com um *home run* ou pelo menos empatando. Era uma carga pesada para carregar nos ombros, mas foi o que me esforcei para fazer.

No entanto, eu falhei, e isso foi difícil de engolir.

Nash me seguiu.

— Vai para o Stadium View hoje à noite?

— Não — respondi.

— Não? — Ele riu. — Então, a água não está mais molhada ou o quê?

Eu me virei e retruquei:

— Só não estou a fim, ok?

Ele ergueu as mãos.

— Uau. Você costuma sair com a gente, mesmo depois de uma derrota. Está irritado por ter errado a última jogada?

— Claro que estou puto pra caralho, Nash!

Alguns de nossos companheiros passaram por nós.

Nash apertou meu ombro.

— Cara, não perdemos por sua causa.

— Sim, mas não consegui puxar o gatilho e acertei a bola bem na porra da primeira base. — Fiquei irritado com meu desempenho e porque deixei Drew Rockland me irritar. De jeito nenhum eu diria a Nash que estava pensando no cara. A briga deveria ter ficado para trás, e na maior parte estava, mas ele ainda me irritava pra caralho.

Mal podia esperar para enfrentá-lo novamente. Aquele sorriso desapareceria depois que acertasse outro *home run* dele. Talvez dois ou três.

— Não perdemos por sua causa — repetiu. — O time todo vem errando. Venha tomar uma bebida e esqueça.

Respirei fundo e neguei com a cabeça.

— Eu só vou para casa.

— Tudo bem. Se mudar de ideia, sabe onde estaremos.

Chegando na minha casa, estacionei na garagem; em seguida, fiz meu caminho para a casa vazia. Eu não tinha cachorro, nem namorada, ninguém para quem voltar para casa, e era do jeito que eu gostava.

Não ter ninguém com quem se preocupar ou responder estava tudo bem para mim.

Pelo menos, foi o que sempre pensei.

Minha casa estava silenciosa. Talvez silenciosa demais. Quem sabe eu precisasse de um cachorro, mas não era como se pudesse levar um animal de estimação comigo em viagens de estrada, e não tinha vontade de ter uma namorada fixa. Eu tinha vinte e oito anos e mais alguns para jogar na grande liga. Não precisava de distrações.

Como eu hoje não iria transar com uma garota em um bar, fiz a próxima melhor coisa. Abri meu site pornô de confiança no iPad e usei a mão até relaxar.

Antes de adormecer, minha mente voltou para Rockland e aquela porra de piscadela estúpida.

NEGOCIADO

— Você ouviu?

Arqueei uma sobrancelha para Forrester, parando no meu armário.

— Ouvi o quê?

— Seu garoto Rockland foi negociado pros Rockies.

Pisquei, virando-me para ele.

— Sério?

— Sim. Aconteceu depois do jogo ontem à noite — confirmou Forrester.

— Droga. — Soltei um suspiro. — Estava ansioso para enfrentá-lo esta noite.

— Você terá sua chance em algumas semanas quando jogarmos no Colorado.

— Sim.

Durante toda a manhã, pensei em enfrentar Rockland novamente. Se entrássemos em outra briga, haveria consequências mais severas do que ser suspenso por alguns jogos e pagar uma multa mínima. Poderia comprometer as negociações quando eu me ficasse sem contrato após a temporada. Os times poderiam não querer me contratar, não importava o quão bom eu fosse com um taco e uma luva, se eles me vissem como problemático.

Como não enfrentaria Rockland por um tempo, me esqueci dele e vesti meu uniforme antes de ir para o campo para me aquecer e me alongar.

— Está com a cabeça nas nuvens hoje? — Nash perguntou, vindo para treinar arremessos comigo.

— Nunca. — Eu ri.

Jogamos a bola um para o outro, conversando.

— Pelo menos você não vai enfrentar Rockland hoje.

Aquele cara parecia ser o tema da conversa de todos.

— Eu estava ansioso por isso.

— Sim, provavelmente estava. — Ele sorriu. — Nunca tive uma rivalidade assim.

— Não é uma rivalidade.

— Claro que é. Todo mundo estava esperando para ver o que aconteceria.

— Assim como qualquer outro jogo.

— Onde você se gaba depois de cada rebatida? — Ele sorriu.

Revirei os olhos.

— Os fãs adoram.

Estávamos em St. Louis e, se houvesse outra luta, os torcedores teriam

enlouquecido. Mesmo sabendo que não brigaria contra Rockland novamente, não diria isso aos meus companheiros.

Fizemos mais algumas jogadas de aquecimento, e então fui ao banco
para pegar meu taco para o treino de rebatidas. Meu celular tocou no meu
cubículo. Era meu pai. Ele provavelmente queria ter certeza de que eu não
faria nada estúpido de novo, mas não era possível que ele não tenha visto a
notícia de que Rockland havia sido negociado.

— Pai — respondi.

— Você está sentado?

— Estou prestes a sair para o treino de rebatidas. — Peguei uma luva
de rebatidas e comecei a colocá-la na mão esquerda, o telefone na dobra
do meu pescoço.

— Onde está Barker?

— Acho que o vi indo para o escritório dele há algum tempo. Por quê?

— Sente-se, sim?

— Por quê? — perguntei novamente.

— Sente-se, filho.

Fiz o que pediu.

— Tudo bem. Estou sentado.

Eu o ouvi respirar fundo do outro lado da linha.

— Você está sendo negociado para os Rockies.

Tudo ao meu redor parou, até minha respiração.

— Você me ouviu? — meu pai perguntou, depois de alguns minutos.

— Negociado? — sussurrei, incapaz de encontrar minha voz.

— Acabei de ver as últimas notícias no Twitter da ESPN.

— Por que diabos estou aqui no meu uniforme aquecendo para um
jogo que eu não vou jogar? — perguntei, olhando para o campo onde todos os meus companheiros de time (antigos companheiros de time) ainda
estavam jogando bola, correndo ou se alongando.

— Porque Harley acabou de finalizar o acordo. — Harley era o presidente de operações de beisebol dos Cardinals. — Eles provavelmente
ainda estão falando com Michaels, e ele vai ligar para você em breve.

Michaels, meu agente. Claro; todos, até mesmo os malditos fãs, sabiam
antes de mim.

— Ok. — Eu não tinha mais nada a dizer. Pensei em ser negociado,
mas não esperava que isso acontecesse, especialmente porque era o último
dia do prazo.

— Os Rockies estão se saindo bem este ano. Significa que você tem

NEGOCIADO

47

uma chance de ganhar a flâmula novamente — meu pai disse, tentando fazer parecer como se meu mundo não tivesse virado de cabeça para baixo. Minha vida estava no Missouri, não no Colorado. O que vou fazer com a minha casa nos próximos três meses?

— Ok — respondi novamente.

— Isso vai ser bom. Tudo acontece por uma razão, filho. Sei que é um choque, mas pode ser a melhor coisa que já aconteceu com você.

Passei toda a minha carreira como um Cardinal. Seria como se eu estivesse no meu ano de estreia novamente quando se tratasse de entrar no clube e conhecer meu novo time. Claro, eu conhecia alguns dos caras...

Então me lembrei.

Rockland também foi negociado para os Rockies.

Tudo foi um turbilhão quando Harley entrou no *dugout* para me dar a notícia. Eu disse adeus aos meus companheiros de time, tirei minhas coisas do meu armário, conversei com Michaels e parti para Denver.

— Ainda estou trabalhando para conseguir um aluguel permanente para você, mas, por enquanto, os Rockies têm um apartamento temporário que usam para coisas assim. Você vai ficar lá por algumas noites. Talvez uma ou duas semanas, se eu não conseguir encontrar algo antes — disse Michaels.

Eu realmente me importava onde estava hospedado em Denver? Tudo mudou em um instante, e eu ainda estava em choque. Não importava onde colocasse minha cabeça à noite, porque não seria minha casa ou uma cama em uma suíte de hotel, pelo menos até que estivéssemos na estrada novamente. Eu não conhecia a programação dos Rockies, apenas que tinham quatro jogos em casa e esperavam que eu estivesse na escalação no dia seguinte.

— O motorista irá levá-lo para o apartamento. Desfaça suas malas, refresque-se e depois vá para Coors Field. Eles estarão no meio do jogo, mas estão te esperando. Seu uniforme estará lá e, se você chegar a tempo, eles te querem no banco — Michaels continuou.

Como ele disse, o carro me deixou em um prédio de apartamentos. Saí e peguei minha mala assim que uma mulher se aproximou.

— Sr. Parker, sou Genevieve, a gerente do local. Tenho uma chave para você.

Eu peguei.

— Obrigado.

— Deixe-me mostrar o seu apartamento. — Eu a segui por um conjunto de portas duplas que levavam a um elevador. Pegamos até o décimo andar. — Esse é o seu apartamento. — Paramos em frente. — Por favor, deixe-me saber se precisar de alguma coisa enquanto estiver aqui. Meu escritório fica no primeiro andar.

— Obrigado.

Usei minha chave para destrancar a porta, então a fechei atrás de mim. Fui para o quarto principal depois de passar por um quarto menor. Abrindo o armário, percebi que não estava vazio.

— Que porra é essa? — murmurei para mim mesmo.

Fui para o banheiro privativo, notando uma escova de dentes e outros artigos de toalete no balcão.

— Que porra é essa? — repeti.

Saí do apartamento com pressa, apertando o botão para chamar o elevador. Quando cheguei ao primeiro andar, encontrei o escritório de Genevieve.

— Senhor Parker. — Ela se levantou. — Posso te ajudar com alguma coisa?

— Sim. — Eu ri sarcasticamente. — Você pode me dar as chaves do apartamento certo.

Ela piscou.

— O que quer dizer?

— Tem os pertences de alguém naquele.

— Sinto muito, senhor Parker. Me disseram que você dividiria o apartamento. O outro apartamento dos Rockies também tem alguém.

Peguei o celular do bolso e saí do escritório, voltando para o apartamento e ligando para Michaels.

— Aron — ele cumprimentou. — Chegou em Denver?

— Sim, cheguei em Denver — rebati. — Mas que porra é essa?

— O que você quer dizer?

— Estou dividindo a porra de um apartamento, Lee?

Ele soltou um suspiro.

— Eu disse que era temporário até que minha equipe pudesse encontrar algo permanente.

— Não pode levar mais do que alguns dias — cortei. — Me dê uma porra de um quarto de hotel.

— Não posso fazer isso. Fazia parte do acordo.

NEGOCIADO

As portas do elevador se abriram e eu saí.

— O que você quer dizer com "parte do acordo"?

— Basta ir para o campo. Tudo será explicado mais tarde.

Quando cheguei ao Coors Field, o jogo estava na quinta entrada. Uma câmera me seguiu do sedã de luxo até o vestiário. O tempo todo, meu coração estava martelando no peito, mas eu sorri, tentando retratar para a multidão e para aqueles que assistiam em casa que eu estava feliz por estar no Colorado.

— Senhor Parker — um homem cumprimentou, nas portas que davam para a sede do clube. — Eu sou Roland. Assim que se trocar, eu o levarei para o *dugout* para que possa conhecer seu time.

Meu time.

Eu era um Rockie.

Ainda não tinha entrado na minha mente.

Troquei de roupa e segui Roland pelo túnel em direção ao *dugout*. Assim que nos separamos, subi as escadas. Os nervos ainda estavam correndo por todo o meu corpo.

Estava no meio de uma entrada, e os Rockies estavam voltando para o banco para pegar seus bastões.

— Parker! — Miller, o terceira base, explodiu. — Bem-vindo ao time! — Estendeu a mão e me cumprimentou.

Depois de retribuir sua saudação, fui direto até Schmitt, o treinador, e estendi a mão.

— Skip.

— Bem-vindo ao time, Parker. Estou animado por você se juntar a nós.

— Eu também.

Todo mundo veio até mim, e apertei a mão daqueles que não conhecia e dei abraços de mano naqueles que eu conhecia. A última pessoa foi Rockland. Meu olhar encontrou o dele, e estendi a mão. Ele pegou, e nós demos um aceno de cabeça um para o outro. Nenhuma palavra foi trocada.

Três meses ou mais juntos em uma equipe seriam interessantes, com certeza.

— Parker. Rockland. Meu escritório — Schmitt ordenou, uma vez que estávamos no vestiário após o jogo. Os Rockies venceram os Padres por 5-4.

Rockland e eu nos entreolhamos e fizemos o que foi ordenado.

— Fechem a porta e sentem-se — instruiu Schmitt.

Rockland fechou a porta e nós dois nos sentamos nas cadeiras em frente à mesa.

— Vamos direto ao assunto. Todos nós sabemos que vocês dois têm uma história, mas a negociação já estava em andamento antes de entrarem em conflito. Depois disso, nossa organização discutiu sobre o acordo, mas precisamos de vocês dois, e foi decidido que vocês são homens adultos e deveriam poder trabalhar juntos. — Assenti, sem olhar para Rockland. — Se vocês dois não puderem se dar bem, não tragam, e repito, não tragam essa merda para o campo ou para o meu clube. Entenderam?

— Sim, senhor — Rockland e eu respondemos em uníssono.

— Agora, vão para casa. Vocês dois começam amanhã.

O carro que pedi estava esperando por mim enquanto eu caminhava para fora. Rockland estava logo atrás, mas não trocamos uma palavra desde que saímos do escritório de Schmitt. Haveria tempo para resolver nossos problemas — se ainda houvesse alguns do lado dele. Eu superei a briga.

Entrei no carro e o motorista já sabia para onde me levar. Assim que cheguei, desci, notando que um carro parou atrás de nós.

Rockland saiu.

Claro, ele estava hospedado no mesmo complexo de apartamentos. Genevieve disse que alguém estava no outro apartamento.

Nenhuma palavra foi dita quando entramos no saguão e fomos para os elevadores. Apertei o botão e, quando o elevador chegou, nós dois entramos. De jeito nenhum eu seria o primeiro a dizer alguma coisa.

Foi ele quem jogou uma bola direto nas costelas. Apertei o botão do décimo andar e esperei que ele apertasse outro.

Ele não apertou.

NEGOCIADO

O elevador subiu, e quando abriu no meu, me apressei para sair, Rockland logo atrás de mim. Nós dois paramos no mesmo apartamento. Olhei para ele e balancei a cabeça.

— Você deve estar brincando comigo.

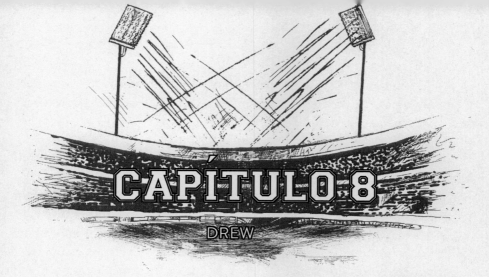

CAPÍTULO 8
DREW

— Vou falar com o gerente e esclarecer isso — eu disse, enquanto Parker usava sua chave para destrancar a porta. Tinha que ser algum tipo de confusão. Eu não estava esperando dividir um apartamento com Aron Parker, de todas as pessoas. Mesmo que temporariamente.

— Não vai adiantar nada. Já falei com a Genevieve. — Parker entrou no apartamento.

Minhas sobrancelhas se ergueram em surpresa.

— Você sabia que seríamos colegas de quarto?

— Porra, não! Eu vi as coisas de alguém aqui quando cheguei. — Ele continuou andando e eu o segui, fechando a porta atrás de mim. — Genevieve explicou que lhe disseram que eu dividiria o lugar. Achei que fosse Ellis. Confie em mim, se eu soubesse que era você, não teria deixado meu agente desligar na minha cara quando reclamei dessa situação.

Isso não funcionaria para mim.

— Vou ligar para o meu agente. — Tirei o celular do bolso, caminhando para o quarto principal, onde já havia desempacotado minhas coisas. Fechei a porta.

Santos atendeu no primeiro toque.

— Ei, cara, como foi o primeiro dia com o seu time novo?

— Não estou ligando para falar sobre isso. Como é que ninguém me disse que eu ficaria com Aron Parker?

— Faz diferença?

Ele era um idiota, caralho?

— Claro que faz diferença. Acho que nós dois termos tentado bater um no outro em campo deveria ter sido uma pista de que esse arranjo seria uma má ideia.

— Exatamente. Depois daquele showzinho em que vocês mediram quem tem o pau maior, a gerência ficou um pouco nervosa em trazer vocês dois a bordo. Fazia parte do acordo.

— O que era parte do acordo?

— Garantir que vocês superassem suas merdas e não se tornassem uma distração para o time.

— E daí? Devemos dividir um apartamento enquanto todos esperam que nos beijemos e façamos as pazes? — Bufei com o pensamento.

—Exatamente. Os Rockies têm uma chance de chegar ao grande show deste ano. Não estrague tudo guardando rancor por uma briga estúpida.

Ninguém percebeu que não foi a briga que me irritou. Eu estava bravo porque Aron me fez perder a calma. Levava meus arremessos a sério e raramente mostrava emoção em campo. A fama e os elogios não significavam nada para mim. Meu foco era estritamente ser o melhor arremessador que poderia e vencer toda vez que pisasse no campo.

Parker parecia estar sempre sob os holofotes. Pelo que eu tinha visto, adorava se exibir para os seus oponentes e, em vez de se mostrar competitivo, parecia um idiota arrogante.

— Eu não estou guardando rancor... — tentei explicar, mas fui interrompido.

— Se você diz. Agora descanse um pouco. Você precisa mostrar ao Rockies por que te negociaram ao arremessar amanhã.

Terminamos nossa conversa, mas eu não descansaria tão cedo. Sempre ficava ansioso na noite antes de ser titular, e a situação de Parker não estava ajudando. Eu precisava de algum tipo de liberação antes que pudesse adormecer. Em Nova York, isso geralmente significava afundar meu pau na minha namorada, pelo menos quando ela estava em casa. Fiquei agradavelmente surpreso quando verifiquei a agenda dos Rockies e vi que viajaríamos para Nova York depois dos jogos em casa, mas não poderia esperar tanto. Eu precisava dela agora. Esperando que ela pudesse ficar no FaceTime comigo, enviei uma mensagem, imaginando se, com a diferença de fuso horário, ela ainda estaria acordada.

Vesti uma camiseta e shorts de ginástica. Quando não tive notícias depois de dez minutos, voltei para a sala de estar. Talvez eu pudesse ir à academia que Genevieve me mostrou quando cheguei.

Parei de andar quando vi o que estava na TV. Um vídeo de Parker e eu lutando passava na tela enquanto os comentaristas da ESPN opinavam sobre a decisão dos Rockies de trazer nós dois para o Colorado.

— Pode atrapalhar a química do time todo se esses dois não conseguirem se organizar. Foi, definitivamente, uma negociação arriscada para um time que está concorrendo aos *playoffs* — disse um comentarista.

Sentei-me na poltrona de couro em frente a Parker, que havia perdido a camisa e colocado uma calça de moletom cinza durante minha breve ligação.

— Idiotas do caralho — Parker murmurou baixinho, mudando para outro canal.

Aquele também tinha nós dois na tela. Aparentemente, éramos o tema das conversas em todas as redes de esportes. Ele trocou o canal novamente.

— Você não pode simplesmente escolher uma porra de canal?

— Não — resmungou, olhando para mim antes de voltar sua atenção para a televisão. — Não quero ouvir esses filhos da puta falarem merda como se suas opiniões fossem importantes.

— Você é sempre um idiota?

Ele bufou.

— Sim. Você é sempre tão tenso?

Revirei os olhos, mas não respondi.

— Teve alguma sorte com seu agente? — Parker perguntou, depois de vários minutos.

— Não. Parece que todo mundo acha que temos que resolver alguma coisa, e acharam que essa era a melhor maneira de fazer isso.

— Nós entramos em uma briga. Já foi. O que a gente tem que resolver?

Meu celular tocou antes que eu pudesse responder. Era Jasmine. Não respondi a Parker quando me levantei e voltei para o meu quarto.

Aceitei sua ligação do FaceTime.

— Ei, linda. Você tem um *timing* impecável.

Ela estava reclinada em nossa cama, seus longos cabelos caídos sobre um dos ombros enquanto gentilmente mordia o lábio carnudo e vermelho.

— Oh, sério? O que está acontecendo?

Eu estava distraído com a quão gostosa ela estava e não respondi.

— Drew?

— Hum, o quê? — perguntei, olhando para a sugestão de seu decote espreitando das cobertas.

Ela riu.

— Você disse que eu tinha um *timing* impecável. O que está acontecendo?

— Oh, sim. Você não vai acreditar, porra. Eles me fizeram dividir um apartamento com Aron Parker.

NEGOCIADO

Sua boca se abriu.

— De jeito nenhum. Como isso vai funcionar?

— É apenas temporário — expliquei, mais para meu benefício do que para ela. — Vai ficar tudo bem, mesmo que ele seja tão idiota fora de campo quanto dentro. Mas chega de falar sobre ele. Como você está? Você está maravilhosa.

— Estou bem. Recebi uma ligação sobre a campanha que gravei em LA. A empresa gostou tanto, que querem filmar outra. Eles me querem lá fora no início da próxima semana.

— Isso é incrível — respondi. Ela trabalhou duro para chegar onde estava em sua carreira e eu estava orgulhoso dela. — Espere, você disse semana que vem?

— Sim.

— É quando estarei de volta a Nova York.

— Eu sei — ela respondeu, calmamente. — Estarei aqui na primeira noite, mas só isso.

Porra, isso era uma merda. Nós só teríamos uma noite juntos, e ela não conseguiria me ver pessoalmente, mas eu sabia que ela não tinha mais controle sobre sua agenda do que eu sobre a minha.

Ficamos em silêncio por alguns momentos. Eu estava com os Rockies há apenas dois dias, e coordenar nossas agendas já estava se mostrando ainda mais difícil do que quando eu estava em Nova York.

Suspirei.

— Sinto sua falta. Gostaria que você estivesse aqui agora.

Ela abaixou a câmera enquanto jogava o lençol de lado, mostrando a lingerie preta de renda que usava.

— O que você faria comigo se eu estivesse? — Sua voz estava ofegante e cheia de necessidade.

Deitei na minha cama e mostrei a ela meu pau duro por baixo do short de ginástica.

— Isso responde à sua pergunta?

Ela mordeu o lábio novamente.

— Sim.

Eu me inclinei contra a cabeceira, observando enquanto ela levantava o celular sobre a cabeça, apoiava o telefone e começava a se tocar.

Eu não precisaria ir à academia.

Nos dias em que arremessei, mantive uma rotina ainda mais rigorosa do que a habitual. Isso me ajudou a manter o foco e garantiu que eu estivesse nas melhores condições para arremessar no maior número de entradas possível.

Começava com um banho antes do café da manhã. Minhas refeições nos dias de jogo diferiam da minha dieta regular. Minha primeira vitória da temporada veio depois que comi uma omelete vegetariana e clara de ovo, então eu estava tendo uma na esperança de poder começar a ser um Rockie com uma vitória.

A geladeira e a despensa estavam totalmente abastecidas. Recolhendo os ingredientes que precisava, notei que Aron já havia tomado café da manhã, porque havia uma panela suja no fogão e utensílios e um prato na pia.

Revirei os olhos. Eu estava vivendo com um desleixado.

Depois de comer, peguei os pratos, incluindo os dele, e os coloquei na lava-louças. Limpar a sujeira dele não se tornaria um hábito, mas também me recusava a morar em um apartamento bagunçado. Fui para o meu quarto e peguei meu equipamento, pronto para chegar no campo. Poderia demorar um pouco para encontrar essa química com um time novo, e eu planejava passar um tempo conhecendo meus companheiros.

Entrei no corredor e quase dei de cara com um Parker sem camisa.

— Você está saindo? — perguntou, olhando minha mochila.

Fiquei distraído com seu peito nu por um momento antes de perceber que ele me fez uma pergunta.

— Uh, sim, eu queria começar cedo.

— Eu ia sair em cerca de quinze minutos. Você quer dividir um carro? — Dizer que a oferta me surpreendeu foi um eufemismo. Ele mal tinha falado comigo na noite anterior, mas pegar dois carros parecia um desperdício.

— Claro. Estarei esperando na sala de estar.

Dez minutos depois, Parker estava pronto para partir. Fomos até os elevadores e esperamos que chegasse.

— Acha que poderia limpar o que suja depois de usar a cozinha? Você deixou louças sujas por todo o lugar — resmunguei.

— Sim. Claro. — Ele riu quando entramos no elevador. Eu tinha a sensação de que ele não dava a mínima se seus pratos sujos me irritavam.

NEGOCIADO

O carro que solicitei estava esperando por nós quando saímos do prédio. Deslizei para dentro, seguido por Parker. A viagem de vinte minutos foi silenciosa, nós dois focados em nossos celulares. E para mim isso estava ótimo.

Eu poderia ignorá-lo e entrar no clima.

Parker e eu seguimos em direções opostas quando chegamos à sede do clube. Caminhando para o meu armário no canto mais distante, empurrei meus itens para dentro e coloquei o equipamento de treino dos Rockies. Não fiz nenhum exercício extenuante nos dias em que comecei, mas um pouco de alongamento leve no início do dia fazia meu sangue fluir e me ajudava a focar.

Fiz meu caminho para a sala de musculação, coloquei os fones de ouvido e comecei a trabalhar no chão. Como cheguei cedo, tinha todo o espaço para mim, então tirei um momento para apreciar meu novo ambiente. A negociação foi uma surpresa, mas não poderia ficar chateado sobre isso. Eles eram um time fenomenal e, pela primeira vez na minha carreira, meu sonho de ganhar um campeonato era uma possibilidade real.

Trinta minutos depois, voltei para o vestiário para pegar um lanche.

— Ei, você está pronto para esta noite? — Barrett, meu novo receptor, perguntou, enquanto eu colocava o último pedaço da barra de proteína na boca.

Afirmei com a cabeça quando terminei de mastigar.

— Com certeza. — Os Rockies estavam em uma sequência de seis vitórias consecutivas, e não havia como eu ser responsável pelo encerramento disso.

O resto da tarde passou como um borrão e, antes que eu percebesse, estava em campo fazendo minha rotina pré-jogo. Coors Field era um parque de rebatedores, e eu tinha visto bolas voarem para as arquibancadas durante o treino de rebatidas. Era meu trabalho evitar que isso acontecesse quando fosse a vez dos nossos adversários.

No início da sexta entrada, eu lancei a bola que nos deu um *shutout*. Barrett e eu estávamos na mesma página durante todo o jogo, e parecia que tinha jogado com ele a temporada toda. Tínhamos uma vantagem de 4–0, mas havia um corredor na segunda base com duas eliminações. Joguei uma bola rápida para fora e ouvi o estalo do taco quando a bola foi rebatida para o fundo do campo direito. Observei enquanto ela voava em direção à cerca, mas, no último momento, Parker estava lá fazendo uma pegada saltitante e tirando a chance de um *home run* do rebatedor. De maneira verdadeiramente esportista, acenei para ele em reconhecimento, agradecendo-lhe. Não posso negar que foi uma captura espetacular.

Arremessei até a sétima e, no final da oitava, mantivemos nossa liderança. Parker estava pronto para rebater pela quinta vez e já havia acertado uma simples, uma tripla e um *home run*. A multidão estava de pé, esperando para ver o que ele faria a seguir. Vê-lo rebater não foi tão irritante, já que agora estávamos no mesmo time. O arremessador jogou um *slider*, e Parker acertou a bola entre os campistas central e direito, cruzando para o segundo lugar com um duplo stand-up.

O filho da puta arrogante tinha fechado o ciclo.

NEGOCIADO

59

CAPÍTULO 9
ARON

No último jogo que joguei como Cardinal, fiquei irritado por não conseguir uma vitória para o time. Sentia como se o peso de cada jogo estivesse nos meus ombros, mas, agora com os Rockies, não dependia só de mim. Entrei em campo lá e joguei pra caramba.

Tinha que admitir, meu colega de quarto jogou muito bem. Porém, nunca diria isso na cara dele.

— Tudo bem — disse Matthewson. — Agora que as negociações terminaram e acabamos de ganhar, que tal mostrarmos aos nossos novatos a Draft House?

Meu olhar encontrou o de Rockland, depois o de Ellis, mas nenhum de nós tinha certeza do que o cara queria dizer.

— Esse é o ponto de encontro habitual de pós-jogo? — Ellis questionou.

— Sim, cara — respondeu Matthewson.

— Topo uma cerveja — afirmei.

— Inferno, sim, é claro. — Santiago me deu um tapinha no ombro. — Depois daquela pegada na sexta, acho que Rockland te deve uma.

Meus olhos se moveram para Rockland novamente. Não havia como ele me comprar uma cerveja. Eu superei nossos problemas, mas ele ainda parecia estar irritado comigo. Irritado com o que eu assisti na TV. Com raiva de mim por não colocar um prato na máquina de lavar louça. Se eu não soubesse do contrário, pensaria que ele era uma garota, caralho.

Ele precisava transar.

— Mais como se todos nós devêssemos a Rockland — argumentou Fowler. — Lançamento sólido por sete entradas? Porra, bem-vindo ao time, cara.

Rockland assentiu em agradecimento com um leve sorriso.

— Não podemos esquecer a rebatida de Parker para o ciclo — disse Matthewson, mencionando como rebati uma simples, uma dupla, uma tripla e um *home run*. — Essa partida foi épica.

— E Ellis fazendo aquele mergulho para pegar na segunda base — Littleton entrou na conversa.

— Tudo bem, então todos os novatos foram incríveis — afirmou Santiago. — Vamos comemorar, e todos, exceto esses três, podem contribuir para algumas jarras, sim?

Todos eles concordaram, e uma vez que tomamos banho e nos vestimos, alguns de nós fomos para o bar a alguns quarteirões de distância. Eu gostava de ter um bar para ir depois de um jogo para relaxar. Além disso, estando em uma nova cidade, haveria novas maneiras de gastar energia.

— Tenho que admitir — disse Matthewson, aproximando-se para caminhar ao meu lado —, estávamos todos nervosos sobre como você e Rockland trabalhariam juntos.

— Aquilo foi semanas atrás. Não entendo por que todo mundo ainda está preocupado com isso — respondi. Quando a porra da briga deixaria de ser o tema principal da conversa?

— Você nos culpa? Nunca ouvimos falar de duas pessoas que começaram uma briga sendo negociadas para o mesmo time antes. Pelo menos não tão cedo.

— Somos colegas de quarto por enquanto e ainda não nos matamos. Acho que estaremos todos bem em campo.

Ele parou de andar.

— Espere. Vocês dois estão morando juntos?

Rockland, que estava alguns passos atrás de nós, arqueou uma sobrancelha, mas não parou. Eu me virei e caminhei na sua frente antes que ele pudesse passar, Matthewson se juntando a mim.

— Fomos designados para o mesmo apartamento. Ellis pegou o outro.

— A gerência tinha que saber que vocês dois estavam morando juntos, certo? — questionou.

— Tenho certeza de que fizeram de propósito — resmunguei, não querendo divulgar que nossos dois agentes confirmaram que foi exatamente o que aconteceu.

Santiago abriu a porta do bar e entramos. Segui o grupo até algumas mesas que pareciam ser reservadas para eles, e percebi que não iria mais ao

Stadium View com companheiros de equipe. Tudo estava diferente, mas, ao mesmo tempo, senti que já me encaixava no novo time, especialmente depois do jogo que acabamos de fazer.

— O que foi aquilo? — Rockland perguntou, de pé ao meu lado em uma mesa.

— O que foi o quê?

— Sobre o que você e Matthewson estavam conversando.

— Só que os caras assumem que vamos nos matar ou algo assim. Eles também não sabiam que éramos colegas de quarto.

Rockland grunhiu.

— Por que saberiam?

— Não sei. — Dei de ombros. — Tenho certeza de que Matthewson vai contar tudo agora.

— Bem, felizmente, é apenas temporário, e estaremos em Nova York parte do tempo.

— Sim — murmurei. Matthewson, Littleton e Santiago caminharam até a mesa, carregando duas jarras cada e dois copos. — Pronto para ficar bêbado? — perguntei a Rockland.

Ele hesitou.

— Eu não vou ficar bêbado.

— Nós ganhamos esta noite, e não vamos jogar por alguns dias. Se solta, cara.

Eu não conhecia Rockland muito bem, mas imaginei que tinha seu armário organizado por cores. Ele provavelmente engraxava os sapatos depois de usá-los, até mesmo os tênis, e sem dúvida só fodia no estilo missionário.

Ele pegou uma jarra de cerveja e serviu um copo.

— Vou tomar uma cerveja, então você pode se foder.

— Ah, não seja assim. — Sorri e peguei um copo para mim. — Só quero que você tire esse pau do seu cu.

Rockland zombou.

— Eu prefiro ser um chato tenso do que um idiota egocêntrico como você.

Rindo, eu disse:

— Você não sabe nada sobre mim.

— Sei o que vejo em campo.

Vi nossos companheiros de time nos observando silenciosamente. Provavelmente estavam esperando que um de nós desse um soco, preocupados que teriam que separar outra briga. Eu não ia brigar com Rockland de novo, mas me divertiria irritando-o.

— Então, você vê o melhor jogador?

Rockland tomou um gole de sua cerveja.

— Sim, claro.

— Olha, cara. Você pode pensar essa merda o quanto quiser, mas sei quem realmente sou. Que tal tomar algumas cervejas, encontrar uma garota para trazer de volta ao nosso apartamento e foder seus miolos?

— É isso que você está planejando fazer?

— Pode ser. — Eu sorri por cima da borda do copo. — Quer fazer um menáge? Inferno, talvez uma orgia? — Eu estava tentando fazer Rockland rir. O filho da puta fazia isso? Ele não era feio, e se quisesse, eu dividiria uma mulher com ele. Não seria a primeira vez que compartilharia com outro cara.

Ele bufou, e vi um leve sorriso em seu rosto.

— Ah, isso é um sorriso, garotão?

— Garotão? — resmungou.

— Prefere que eu te chame de idiota? — Eu estava conseguindo irritá-lo e sabia disso.

— Você pode tentar e ver o que acontece de novo.

— Por que vocês dois não se beijam e fazem as pazes? — Matthewson interrompeu.

Sorri para Rockland, então fiz bico com os meus lábios.

— Sim, venha me beijar.

Ele revirou os olhos castanho-claros.

— Nos seus sonhos.

— Claro que não — rebati. — Prefiro beijar todas as mulheres deste lugar.

— Duvido que você consiga — Rockland se atreveu.

— Isso é um desafio? — Bebi o resto da minha cerveja em um gole.

— Claro — respondeu, com outro revirar de olhos.

Olhei ao redor do bar, vendo apenas quatro mulheres. Mole-mole.

— Tudo bem. Se eu fizer isso, você terá que levar uma delas de volta para casa.

Rockland balançou a cabeça.

— Eu tenho uma namorada, cara. Não vou levar ninguém de volta para o apartamento.

— Ela não está aqui, está?

— Não sou um traidor — ele retrucou.

Levantei minhas mãos.

NEGOCIADO

— Tudo bem, tudo bem. Bem, está vendo aquela morena ali? — Apontei para uma mulher sentada com uma ruiva. — Se quiser se juntar a nós mais tarde, ela estará em nosso apartamento.

— Você é bem convencido, não é?

— Eu sou Aron Parker. — Eu sorri e me afastei da mesa para onde as duas senhoritas estavam sentadas. Seus olhos se arregalaram quando me aproximei. — Boa noite — cumprimentei.

— Oi — disseram ao mesmo tempo.

— Como vocês estão, senhoritas?

— Estamos bem — respondeu a morena.

— Posso pagar uma bebida para vocês duas? — Eu tinha que pensar nas duas, caso fosse a ruiva a interessada e não a morena. Ambas eram bonitas o suficiente para foder.

— Claro — disse a ruiva. — Mas, se está tentando dormir com uma de nós, é melhor desistir.

— Ai. — Agarrei meu peito. — Pelo menos me conheça antes de me recusar.

— Bem, entenda uma coisa. — A morena passou o dedo pelo meu peito. — Você não tem nada que estejamos procurando.

Bem, isso não está indo conforme eu planejei.

— Querida, acho que você precisa ver por si mesma antes de julgar.

A morena se levantou e se inclinou, sussurrando no meu ouvido:

— O problema é que nós duas gostamos de comer boceta.

As duas mulheres deram as mãos e saíram do bar, me deixando atordoado.

Não querendo deixar os caras, especialmente Rockland, saberem que eu tinha fracassado, eu as segui para fora.

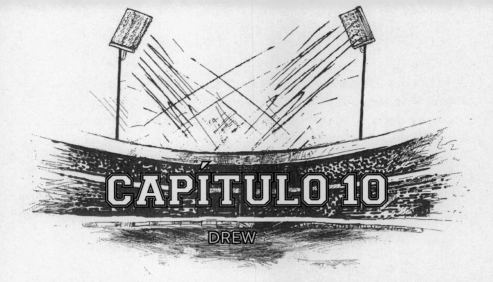

CAPÍTULO 10

DREW

Acontece que Parker não apenas acreditava ser o melhor jogador de beisebol do mundo. Ele também achava que era um presente de Deus para as mulheres.

Na noite anterior, eu continuei com o time por um tempo depois que ele seguiu as duas moças para fora. Eu não o vi novamente até que saímos para o nosso jogo no dia seguinte.

Tínhamos vencido de novo, e alguns dos caras queriam ir para a Draft House, mas optei por ir para casa. Sair com o time tinha sido divertido, mas eu não estava interessado em fazer isso todas as noites, especialmente antes de um jogo diurno.

Claro, Parker tinha ido com eles. Isso funcionou bem para mim. Eu gostava da paz e tranquilidade enquanto assistia o que queria na TV.

De pé na frente da geladeira, ouvi a porta da frente se abrir, seguida pelo som de uma mulher rindo. Parecia que Parker tinha convencido alguém a voltar para casa com ele. O cara era um idiota. Mesmo quando eu era solteiro, nunca trouxe uma garota para minha casa. Você nunca sabia se elas acabariam sendo perseguidoras malucas. Então, novamente, nosso arranjo de vida era temporário, então ele provavelmente não achava que fosse um grande problema. Ainda assim, eu não gostava de ter uma estranha no meu espaço.

Bati a porta da geladeira. Não ficaria no apartamento ouvindo os dois fodendo de camarote. Ao passar pela sala de estar, vi Parker com a mulher encostada na parede, as pernas em volta de sua cintura, enquanto ela se esfregava nele. Meus pés pararam e não conseguia me afastar da visão à minha frente.

Os longos cabelos castanhos da mulher caíam em ondas passando pelos seios grandes que saíam do sutiã que Parker havia puxado para baixo. Seus olhos estavam fechados e sua cabeça inclinada para trás em êxtase. Os músculos dos antebraços de Parker flexionaram enquanto ele a segurava pela bunda. Meu pau despertou com a cena na minha frente, e essa foi a minha deixa para sair.

Fui me virar, mas não antes de Aron olhar por cima do ombro e me pegar observando. Seu olhar viajou pelo meu corpo, parando na protuberância perceptível no meu jeans.

Ele sorriu.

— A oferta para um trio ainda está de pé.

Meus olhos se arregalaram. Virei para a mulher, o brilho em seus olhos me dizendo que ela concordava com a ideia. Voltei minha atenção para Parker, que ainda estava sorrindo para mim.

— Vai se foder.

— Oh, nós planejamos foder muito. Vai ficar e assistir?

Em vez de responder, caminhei para o meu quarto e bati a porta atrás de mim. Tirei minhas roupas até ficar só de cueca boxer e fui para a cama. Parker estava tentando me irritar, e funcionou. Ele sabia como me pressionar, e eu odiava isso — eu o odiava. O que diabos eu estava pensando olhando para ele? Poderia culpar a mulher com quem ele estava, seus seios me encarando, mas minha atenção estava mais focada no meu colega de quarto. Detestava que tantos dos meus pensamentos nas últimas semanas tivessem girado em torno dele.

Peguei meu celular para me distrair, não querendo pensar mais no que Parker estava fazendo. Enquanto percorria as mídias sociais, ouvi passos no corredor antes que a porta do outro quarto se abrisse e fechasse. Nossos quartos compartilhavam uma parede, mas minha cama ficava do lado oposto. Só que isso não dava espaço suficiente para me impedir de ouvir o que estava acontecendo.

Um gemido feminino rompeu o silêncio do meu quarto, seguido pela voz abafada e rouca de Parker.

— De joelhos.

Sem pensar, empurrei minha cueca para baixo, liberando meu pau duro como pedra.

— Abra sua boca.

Eu me acariciei.

Parker gemeu, e o imaginei agarrando o cabelo da morena em suas mãos enquanto ela mexia a cabeça para cima e para baixo ao longo dele.

— Sim, me chupe assim.

Corri meu polegar sobre a cabeça do meu pau, juntando o pré-sêmen e me acariciando mais rápido.

— Porra, isso é bom. Continue. Bem desse jeito.

Eu me masturbei mais forte, aumentando a pressão do meu aperto.

— Quer que eu goze na sua garganta?

A resposta da morena foi abafada quando a imaginei engasgando no pau de Parker.

Minhas bolas se contraíram, e senti um formigamento na base da minha espinha me dizendo que eu estava perto.

— Porra! — ele rugiu.

Bombeei-me mais uma vez antes de explodir em todo o meu peito.

— Droga, isso foi bom. — Eu o ouvi suspirar quando estendi a mão e peguei um lenço de papel para limpar o esperma do meu estômago e peito.

Joguei o lenço na lata de lixo e deitei contra a cabeceira da cama. O que diabos aconteceu? Eu realmente me masturbei ouvindo Parker receber a porra de um boquete?

Eram onze horas da noite quando o avião pousou em LaGuardia. Eu não conseguia ficar parado enquanto a aeronave seguia até o portão, ansioso para desembarcar e ir para casa, para Jasmine. O tempo que passamos separados por causa de sua viagem e a minha negociação não tinha sido o mais longo desde que começamos a namorar, mas parecia diferente de alguma forma.

Parker saiu de sua fileira na minha frente, testando minha paciência ao pegar sua bagagem do compartimento em um ritmo vagaroso. Sua camisa subiu, expondo seu abdômen esculpido, e me virei para desviar o olhar, imagens da noite anterior correndo pela minha mente.

— Cara, você pode se apressar? — Eu bufei, olhando pela janela ao meu lado.

— Ah, você voltou a falar comigo? — Ele sorriu.

Revirei os olhos.

Eu tinha feito um bom trabalho ao ignorá-lo completamente desde que acordei, durante o jogo, e durante todo o voo para Nova York. Não era fácil evitar alguém com quem você dividia um apartamento — e trabalhava — mas eu tinha conseguido. Ainda estava confuso e achava mais fácil fingir que nada tinha acontecido, mas isso era difícil quando ele estava no meu espaço o tempo todo.

— Finalmente — murmurei, quando começamos a nos mover pelo corredor.

— Por que você está com tanta pressa, afinal? — Parker perguntou, por cima de seu ombro. — Tem um encontro escaldante à vista?

— Na verdade, sim. Minha namorada está me esperando em casa e estou indo para nosso apartamento assim que puder sair daqui.

— Você não está hospedado no hotel?

— Não.

Peguei o ritmo uma vez que estávamos no terminal. A melhor coisa de viajar com o time era que eu só precisava me preocupar com a minha bagagem de mão. Nosso treinador de equipamentos e seus assistentes cuidavam de nosso outro equipamento, reduzindo o tempo que levava para sair do aeroporto. Meus companheiros foram em direção aos ônibus enquanto eu seguia as placas até o local de coleta da bagagem. O carro que eu havia pedido parou quando saí pelas portas automáticas.

A viagem até Hell's Kitchen pareceu demorar uma eternidade, mas, menos de trinta minutos depois, paramos em frente ao meu prédio. Acenei para o porteiro enquanto passava e me dirigi ao recepcionista. Antes de sair do Colorado, havia comprado flores para Jasmine, mas queria entregá-las pessoalmente, então havia providenciado que fossem guardadas com o porteiro até minha chegada.

Com as flores em mãos, fiz meu caminho até o elevador. Mal podia esperar para beijá-la e mostrar o quanto sentia sua falta.

Destranquei a porta e entrei no apartamento. Eu esperava que Jasmine me cumprimentasse à porta usando uma lingerie sexy, mas o lugar estava escuro e silencioso. Virei no corredor e liguei a luz.

Um gemido alto ressoou no corredor por trás da porta fechada do quarto.

— Temos que nos apressar — Jasmine ofegou.

Mas que diabos?

Acelerei os passos, me arrastando para o quarto e empurrando a porta completamente aberta. Jasmine estava montando Zane, com as mãos firmes nos peitos dela enquanto fodiam.

Eu vi vermelho.

— Mas que porra está acontecendo?

— Oh, meu Deus, Drew! — Ela pulou da cama, enrolando o lençol ao redor de si e deixando o pau que estava fodendo completamente exposto no meio da minha cama. — O que você está fazendo aqui?

— Eu moro aqui — rosnei. Meu olhar se voltou para Zane, que não tinha se mexido. — Você tem cinco segundos para sair do meu apartamento antes que eu chute seu traseiro.

Ele correu da cama, juntando suas roupas do chão. O babaca já havia estado em minha casa antes e sabia que estávamos juntos. Parte de mim queria persegui-lo e dar-lhe a surra que ele merecia, mas eu sabia que meu problema era com Jasmine. Ela era a única que deveria estar em uma relação comprometida comigo.

— Você sabia que eu voltaria para casa hoje à noite — eu me dirigi a ela mais uma vez. — Queria que eu flagrasse vocês?

— Perdemos a noção do tempo.

Ri da resposta lamentável dela.

— Então, o que você ia fazer? Expulsá-lo e depois me foder na mesma cama?

— Não.

Esperei que elaborasse uma resposta, mas ela permaneceu em silêncio.

— Sério, o que diabos está acontecendo? — Nunca em um milhão de anos eu teria acreditado que ela me trairia, mas, mesmo assim, tinha visto com meus próprios olhos.

— Deixe-me colocar uma roupa e depois falamos na sala de estar.

— Você só pode estar brincando comigo. Não é como se eu já não te tivesse visto nua antes. Diabos, acabei de te ver nua em cima de outro homem. Agora você quer privacidade?

Ela se recusou a olhar para mim.

— Drew, por favor...

— Tudo bem. Tanto faz. — Eu me virei e saí. Quando cheguei à sala, percebi que ainda estava com o estúpido ramo de flores nas mãos. Atirei-os pela sala, vendo-o bater na parede ao lado da TV. Respirei fundo e puxei o celular para mandar uma mensagem para a coordenadora de viagem do

NEGOCIADO

time, pedindo-lhe que me arranjasse um quarto no hotel.

Empurrei o celular de volta para o bolso, dirigi-me à cozinha e peguei uma cerveja da geladeira. Eu precisava de algo para acalmar a fúria que corria pelo meu sangue.

Alguns momentos depois, Jasmine saiu com o roupão de seda que eu lhe havia dado no último Natal. Esvaziei a cerveja que estava segurando, peguei outra, e a segui até a sala de estar. Ela se sentou no sofá, mas me recusei a acompanhá-la. Em vez disso, olhei para ela, esperando que falasse primeiro.

— Sinto muito que você tenha visto aquilo.

— Sente? — cortei.

— Não seja um idiota.

— Você tem a audácia de me chamar de idiota? — Eu rugia. — Acabei de te pegar fodendo outra pessoa. — Eu me afastei dela e joguei a cerveja na minha mão na parede. Ela se despedaçou, se juntando à pilha de flores no chão.

Jasmine nunca me havia visto perder a calma antes. Ela me encarou, lágrimas correndo pelo rosto. Por que diabos ela estava chorando? Tudo isso foi culpa dela.

— Baby… — Ela fez uma pausa e a olhei de relance. — Não podemos falar sobre isto?

— Há quanto tempo você está dormindo com ele? — Se ela quisesse conversar, precisava responder algumas perguntas para mim.

— Quatro meses — sussurrou.

— Você está falando sério, porra? — Ela não respondeu. Andei até a porta. — Vou embora daqui.

Já era ruim o suficiente pensar que ela tinha me enganado uma vez, mas saber que tinha feito isso enquanto vivíamos juntos, antes de eu ter sido negociado, era demais. Ela era a pessoa com quem eu tinha planejado um futuro. Aquela com quem me via casando, e ela havia jogado fora nosso relacionamento, junto com todos os sonhos que eu tinha para nós.

— Por favor, não vá — ela soluçou.

— Você está fora de si se acha que vou ficar.

Ela chorou mais forte.

— Vou conseguir um quarto de hotel para passar a noite, mas te quero fora do meu apartamento. Você tem vinte e quatro horas para tirar as suas tralhas daqui.

— Drew! Espere! Eu te amo.

Suas palavras pararam meu movimento. Virei-me lentamente para olhar para ela mais uma vez, um tímido sorriso no seu rosto. Ela deve ter pensado que suas palavras significavam algo para mim, mas não podia estar mais errada.

— Vai se foder. — Saí do meu apartamento, batendo a porta atrás de mim.

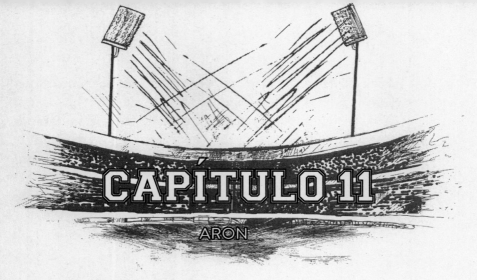

CAPÍTULO 11
ARON

Oito anos de idade...
— Meu pai é o próximo rebatendo! — gritei para minha mãe.
Ela estava no banheiro e já fazia algum tempo. Meu pai estava jogando um jogo em Chicago contra os Cubs. O time dele — os Giants — estava em uma viagem e não voltaria para casa por alguns dias.
— Já vou, querido — ela respondeu.
— Depressa!
Alguns momentos depois, minha mãe saiu, esfregando o lado da cabeça.
— Ele está posicionado?
— Bowman tem uma contagem de três a zero. — Inclinei-me para frente, vendo o arremessador lançar outra bola, acompanhando-o.
Mamãe se sentou no sofá ao meu lado, esfregando a testa. Nós observamos meu pai caminhar até o *home plate* e entrar em sua posição de rebatedor. O arremessador lançou uma tacada sem que meu pai rebatesse.
— Vamos, pai — gritei.
— Aron... — minha mãe murmurou.
Fiquei de pé, me aproximando da TV.
— Vamos lá, pai.
O arremessador acertou outro strike, meu pai não rebateu de novo, e eu gemi.
Meu pai era o melhor jogador de beisebol de todos os tempos, e um dia eu seria como ele. Podia perder uma bola quando eram arremessos muito bons, mas as que estava deixando passar não eram ruins de forma alguma. Elas estavam praticamente no meio do *home plate*.
Eu fiquei caminhando de nervosismo. Meu pai tinha uma chance de ganhar o jogo se fizesse um *home run*. Ele costumava acertar pelo menos

um a cada série, e está devendo um, porque não tinha acertado ainda e estávamos na sétima entrada.

O arremessador fez outro lançamento. Era uma bola, mas Bowman roubou a segunda base, e eu comemorei.

— Querido, por favor, abaixe sua voz — minha mãe sussurrou.

Eu a ignorei. Ela sabia que eu me animava para cada jogo do meu pai. Quando ele jogava em casa, minha mãe e eu íamos assistir — mesmo nas noites de escola. Beisebol era a minha vida.

No arremesso seguinte, meu pai finalmente rebateu, desta vez conectando-se com a bola, e ela subiu sobre a cerca do centro-esquerdo do campo. Gritei, meus braços subiram acima da cabeça enquanto eu aplaudia. Meu pai tinha ganhado o jogo.

— Aron — minha mãe gemeu novamente. — Por favor.

— Você não está feliz pelo papai?

— Claro que estou. — Ela continuou a esfregar o lado da cabeça. — Só estou com dor de cabeça. Você pode, por favor, fazer menos barulho?

Eu me sentei no sofá, cruzando os braços sobre o peito.

— Vou tentar.

— Na verdade — ela ficou de pé —, vou para a cama. — Ela beijou o topo da minha cabeça. — Estou confiando que você vai para a cama quando o jogo acabar.

— Eu irei.

— Te amo até o infinito, campeão.

— Amo você também.

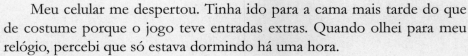

Meu celular me despertou. Tinha ido para a cama mais tarde do que de costume porque o jogo teve entradas extras. Quando olhei para meu relógio, percebi que só estava dormindo há uma hora.

— Alô? — respondi.

— Olá, campeão. Você está dormindo?

— Sim — respondi, fechando meus olhos.

— Sua mãe está em casa?

— Acho que sim. Ela foi para a cama antes do fim do jogo porque estava com dor de cabeça.

— Certo. Só estou ligando para verificar vocês. Sua mãe não atendeu o celular dela, mas agora entendo por quê. Viu o jogo?

Eu me sentei, não estava mais dormindo.

— Diabos, sim…

— Olha a língua — meu pai me advertiu.

— Desculpe — sussurrei. — Claro que vi o jogo. Você foi fantástico!

— Obrigado, campeão. Vou te deixar voltar a dormir. Te amo.

— Também te amo.

Desligamos e não demorou muito até que eu voltasse a adormecer novamente.

Na manhã seguinte, acordei por conta própria. Normalmente, minha mãe me acordava para a escola, mas ela não fez isso. Quando olhei para o relógio, percebi que estava superatrasado para a escola. Onde estava minha mãe? Será que ela esqueceu que era dia de aula?

Andei pelo corredor, ainda sem estar completamente acordado. Quando cheguei ao quarto da minha mãe, ela ainda estava dormindo.

— Mamãe. — Eu sacudi o braço dela. — Já passa das onze, e estou atrasado para a escola.

Esperava que ela me dissesse que eu não ia, mas ela não falou nada.

— Mamãe. — Eu a acariciei novamente. — Acorda.

Ela não acordou.

— Mãe. — Eu a sacudi de novo, e de novo, e de novo…

— Mãe!

Ela não se mexeu.

— Mãe! Acorde, por favor!

Nada.

— Mãe! — Uma lágrima escorregou pelo meu rosto, e sussurrei: — Por favor, acorde. Por favor, por favor.

Ela nunca acordou.

Dias atuais...

Pouca gente sabia que eu havia encontrado minha mãe morta quando tinha oito anos. Ela teve um coágulo de sangue no cérebro, causando-lhe um derrame enquanto dormia. Se eu soubesse que havia algo de errado com ela, a teria obrigado a ir ao médico, mas, sendo uma criança, não fazia a menor ideia. Ela sempre foi forte ao meu redor, e eu não conseguia me lembrar de um tempo em que estivesse doente.

Depois que ela morreu, vi meu pai mudar. O amor de sua vida se foi sem que pudesse dizer adeus. Ele deu tudo si no beisebol, deixando-me com uma babá durante o treinamento de primavera e quando viajava para jogos fora de casa. Me visitava todas as noites, mas não era a mesma coisa. Ele nunca mais se casou, e raramente falávamos de minha mãe, porém eu podia ver a dor em seu rosto quando estava em casa. Algumas vezes, ficava bêbado e me dizia como ela era o amor de sua vida. A primeira vez que isso aconteceu, eu tinha doze anos e decidi que nunca me deixaria apaixonar. Não queria que meu coração se despedaçasse como quando minha mãe morreu. Não podia imaginar se fosse alguém por quem eu me apaixonara e queria passar o resto de minha vida. É por isso que só faço sexo casual.

Não conseguia dormir, então me vesti e fui até o bar do hotel para tomar um drink noturno. Depois de nosso voo, os rapazes queriam descansar um pouco, porque tivemos um jogo diurno e viajamos de Denver para Nova York. Tinha sido um dia longo e eu precisava de algo — ou de alguém — para me ajudar a dormir.

O bar do lobby não era o meu local de caça ideal. Adorava entrar em um lugar e ser reconhecido. O barman poderia ter reconhecido quem eu era, mas não me olhou nos olhos, nem as outras três pessoas do bar. Eu me sentei e o barman veio até mim e colocou um guardanapo branco na minha frente.

Olhei por cima de seu ombro para o conjunto de garrafas atrás.

— Knob Creek, puro.

Ele acenou com a cabeça e se virou para pegar a garrafa de uísque. Pelo canto do olho, vi alguém andando do banheiro e deslizando até a extremidade mais distante do bar. Girando, percebi que era o Rockland, que já tinha um copo vazio na sua frente. A última coisa que ele disse foi que ficaria em seu apartamento com a namorada.

Ele ergueu o dedo para o barman, indicando que queria outra bebida. Pelo que pude perceber, ele não tinha me visto sentado a alguns bancos de

NEGOCIADO

distância, então o observava sorrateiramente. O barman lhe serviu o mesmo uísque que eu havia escolhido, e em um só gole, Rockland entornou o líquido âmbar.

Alguma coisa estava errada.

No tempo em que vivi com ele, só o vi beber uma cerveja, e foi quando saímos depois de nossa primeira vitória.

Ele pediu outra.

De pé, peguei minha bebida e andei até o final do bar onde ele se sentou, vendo o barman servir sua bebida.

— Ei, garotão. — Sorri e sentei ao seu lado.

Ele grunhiu.

— Vai se foder.

— Está tudo bem? — Inclinei a cabeça ligeiramente para a bebida dele.

— Apenas me deixe em paz.

— Tudo bem. — Não me mexi. Ao invés disso, fiquei sentado ao lado dele, bebericando meu uísque, enquanto ele fazia o mesmo. A TV acima do bar passava a ESPN, e nós assistimos aos destaques. Tanto os Cardinals quanto os Mets tinham perdido.

— Parece que nossos times antigos não estão indo melhor sem nós — eu disse, sem me virar para enfrentar Rockland, mas dizendo em um tom de voz alto para me certificar que ele tinha me ouvido.

— Sim — murmurou, e entornou o resto de sua bebida. Ele pediu outra, e eu também.

— Nervoso de enfrentá-los? — Não elaborei, mas, quando ele respondeu, eu sabia que ele tinha entendido.

— Não, por que estaria?

Dei de ombros quando o barman terminou de servir nossas bebidas.

— Estava só pensando. Você vai jogar contra seus velhos amigos.

— É um jogo.

Inalei.

— Um jogo? É mais do que um jogo, irmão.

— Irmão? Eu não sou seu irmão, caramba — ele gritou.

— Uau. — Levantei minhas mãos. — Achei que você gostava tanto de jogar quanto eu.

— Eu gosto, idiota.

— Tudo bem, então você está irritado hoje à noite…

— Sim, me deixa em paz.

— Você precisa transar — murmurei.

— Sério? — Rockland ficou de pé, me tirando da guarda. — Deixe-me adivinhar, você quer ajudar com isso?

Eu franzi minha testa.

— Posso te arranjar alguém, mas pensei que você fosse para casa com sua garota hoje à noite?

— Nós terminamos. — Ele empurrou de volta a bebida fresca. Sua admissão explicou todo o uísque que ele estava bebendo. Quantos ele tinha bebido?

— Merda. Sinto muito, cara.

— Sente mesmo? Que porra você sabe sobre relacionamentos, Parker? Você fode qualquer coisa que anda.

— Como te disse antes, você não sabe nada sobre mim.

— Sério? — Ele encostou um cotovelo no bar. — Então me ilumine.

Eu não sabia por que, mas falei sobre a minha mãe.

— Quando eu tinha oito anos, encontrei a única mulher que já amei morta. Isso arrancou o coração de meu pai, e eu nunca quis experimentar esse nível de dor, então, sim, eu não namoro. Isso não significa que você é melhor do que eu.

Rockland olhou para mim por alguns segundos e depois sentou-se de volta em seu banco. Vários minutos se passaram antes de ele dizer:

— Sinto muito.

— Sente muito pelo quê? — Tomei um gole da minha bebida.

— Sobre sua mãe.

— Não é problema seu.

— Não, mas eu ficaria perdido se a minha morresse.

Eu não ia dizer a ele que seu "se" deveria ter sido um "quando". A mãe dele também morreria em algum momento.

NEGOCIADO

CAPÍTULO 12
DREW

A batida na porta do meu quarto de hotel não era nada em comparação com a batida na minha cabeça. Havia uma razão para eu não beber ao ponto de ficar bêbado. A sensação do dia seguinte raramente valia a pena.

— Cara, abra a porta. — Maldito Aron Parker. Ele era a única pessoa, além de nosso coordenador de viagem, que sabia que eu estava hospedado no hotel.

Supondo que ele não sairia até que eu respondesse, tirei as cobertas de cima de mim e cambaleei até a porta, batendo meu dedo do pé na cama no processo.

— Filho da puta! — gritei.

— Não é a primeira vez que alguém me chama assim. — Aron riu do outro lado.

Revirei os olhos, sem paciência para as besteiras dele. Destranquei a porta e a abri.

— O que diabos você quer?

Ele sorriu.

— Alguém não é uma pessoa matutina. A propósito, sua aparência está péssima.

— O que você quer? — perguntei novamente.

Ele me jogou uma garrafa de água e uma caixa de ibuprofeno.

— Pensei que fosse precisar disso.

— Obrigado. — Deixei-o entrar no quarto e sentei-me no pé da cama, esfregando a têmpora.

A gentileza repentina de Parker me pegou desprevenido. Não combinava com a versão dele na minha cabeça. Quando se sentou ao meu lado no bar, eu estava preparado para ele cuspir suas besteiras de sempre, mas, mesmo que eu tenha agido como um idiota quando falou comigo, ele se abriu sobre sua mãe. Eu não conseguia imaginar a dor de perder a minha, e isso me obrigou a vê-lo com outros olhos.

— O primeiro ônibus parte para o estádio em trinta minutos. Você acha que estará pronto para ir até lá? — perguntou, apoiando-se na cômoda ao lado da TV.

— Eu vou pegar o segundo. — Abri a cartela de analgésicos. Peguei alguns e os engoli com a ajuda da água.

Parker acenou com a cabeça.

— Sei que essa situação de merda é uma droga, mas não deixe que isso foda com seu jogo. — Seus olhos azuis me encaravam, a intensidade deles me deixavam desconfortável.

Neguei com a cabeça.

— Eu não vou.

Claro, a preocupação dele era com o jogo. Nada era mais importante para ele do que o que acontecia no campo. Enquanto isso, eu tentava me recuperar de a minha vida fora do beisebol ter sido desfeita.

Há alguns dias, eu teria dito que sentia pena de Parker, mas tinha que me perguntar se ele estava certo ao não se envolver com ninguém. Ele praticava o esporte que amava, transava com quem queria e quando queria, parecia genuinamente feliz, e nunca teve que se preocupar com um coração partido. Talvez ele fosse mais inteligente do que eu imaginava.

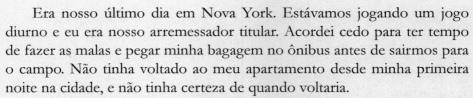

Era nosso último dia em Nova York. Estávamos jogando um jogo diurno e eu era nosso arremessador titular. Acordei cedo para ter tempo de fazer as malas e pegar minha bagagem no ônibus antes de sairmos para o campo. Não tinha voltado ao meu apartamento desde minha primeira noite na cidade, e não tinha certeza de quando voltaria.

Depois do que Parker compartilhou, senti-me culpado por não ligar tanto pra minha mãe quanto antes de me mudar para o Colorado. Eu tinha mandado uma mensagem para ela sobre a negociação, e trocamos mensagens aqui e ali, mas não tínhamos tido uma conversa de verdade há semanas.

Quando estava fazendo as malas, chegou uma mensagem dela.

Mãe: Boa sorte hoje. Se você tiver tempo depois do jogo, me ligue. Estou com saudades de você. Eu te amo.

Ao verificar o relógio, decidi que tinha tempo suficiente para ligar para ela antes de precisar partir para o Citi Field.

— Oi, querido. Não precisava me ligar imediatamente, mas estou muito feliz por falar com você.

— Oi, mãe. Desculpe por não ter ligado antes. As coisas têm estado uma loucura desde a negociação.

— Oh, querido, está tudo bem. — Ela nunca reclamou da minha agenda ocupada, mesmo quando isso interferia em minhas ligações para casa.

— Como você está? — perguntei.

Enquanto a escutava me contar o que estava fazendo no trabalho voluntário e as últimas fofocas da minha cidade natal, andei pelo quarto do hotel, verificando novamente se não tinha deixado nada para trás.

— Mas chega de falar de mim. Como estão indo as coisas com seu time novo? Conte-me tudo.

— As coisas estão boas.

A conversa continuou e compartilhei como me sentia ao finalmente fazer parte de um time que tinha uma boa chance de disputar os *playoffs*. Não tinha pensado muito nisso com o caos da mudança e, depois de alguns dias, voltei para a estrada, mas estava feliz pelos Rockies terem apostado em mim. Não sabia por que, mas, no fundo, sentia que estava exatamente onde precisava.

— Isso é ótimo. Parece que as coisas estão indo bem para você. — Ela parou por um momento e depois perguntou: — E como está Jasmine?

Eu suspirei. Ela e Jasmine não eram particularmente próximas, mas minha mãe tinha passado as férias conosco em Nova York no ano passado e conversavam de vez em quando.

— Nós terminamos.

Ela arfou.

— O quê?

Suspirei de novo. — Não ia dar certo com ela em Nova York e eu no Colorado pelos próximos um ano e meio.

— Você está bem?

Adorei que ela me perguntasse sobre meu bem-estar em vez de insistir em mais detalhes sobre a nossa separação. Jasmine tinha me traído, mas eu não ia ficar falando mal dela para ninguém ou contar que era uma traidora. Isso só me faria sentir melhor por um tempo, e uma pequena parte de mim não queria que mais ninguém pensasse mal dela. Era estúpido, mas eu não conseguia desligar todos os meus sentimentos com um estalar dos dedos, mesmo que eu quisesse.

— Sim, estou bem.

— Isso é tudo o que preciso saber. A propósito, eu estava pensando. Agora que você está em Denver, quero planejar uma viagem para visitá-lo em breve, se você não se importar.

— Eu adoraria. Dê uma olhada na minha agenda e escolha as datas que quiser vir. Eu lhe darei ingressos para os jogos, e em breve devo ser transferido para minha própria casa, para que você possa ficar comigo.

— Isso parece maravilhoso. — Pela voz, ela parecia radiante. — Tenho certeza de que você tem que ir para o campo em breve, então vou deixá-lo. Eu te amo.

— Mal posso esperar para vê-la, mãe. Também te amo.

Como sempre, me senti um pouco mais leve depois da conversa.

Destruímos os Mets e estávamos embarcando em nosso voo fretado para voltar para casa. Estaríamos no Colorado para cinco jogos com um dia de folga muito necessário antes de voltarmos para a estrada. Infelizmente, parte do meu dia de folga seria passado no consultório do médico recebendo um teste de DST, graças à minha namorada traidora.

Como estava previsto que iríamos aterrissar por volta das seis, alguns dos caras sugeriram que saíssemos para jantar.

— Estou dentro — garanti aos meus colegas de time.

Uma noite fora soava muito melhor do que sentar em casa e remoer minha separação com Jasmine. Seguiria o conselho do Parker e aproveitaria a vida de solteiro. Isso não significava que estivesse pronto para procurar uma transa aleatória, mas poderia aproveitar algumas bebidas e me divertir um pouco. Tirar o pau do meu cu, como ele havia dito.

— Estou dentro também — Parker avisou de seu assento do outro lado do corredor.

Coloquei os fones de ouvido e puxei o celular para ouvir alguma música. Na tela, havia uma mensagem do meu agente que eu não tinha visto chegar.

> Santos: Encontrei um lugar para você. Está totalmente mobiliado e disponível imediatamente. Você pode pegar as chaves amanhã. Verifique em seu e-mail o contrato que você precisa assinar. Vou ver com Jasmine uma forma de enviar suas roupas e qualquer outra coisa que queira de Nova York.

> Eu: Obrigado. Jasmine e eu não estamos mais juntos, portanto não há motivo para contatá-la. Eu te ligo assim que tiver um plano para minha casa em Nova York.

Fechei minhas mensagens, selecionei o modo avião, encostei a cabeça e fechei os olhos.

Cinco horas depois, segui seis de meus colegas de time para dentro da churrascaria onde Matthewson havia feito reservas. A anfitriã imediatamente nos levou para assentos no canto de trás, dando-nos algum espaço.

— Eu te vi no hotel esta manhã. — Fowler, nosso homem de primeira base, olhou para mim de sua ponta da mesa. — Pensei que você fosse ficar no seu apartamento.

— Mudança de planos — respondi, com um encolher de ombros. Tinha optado por não andar de ônibus para o hotel em Nova York e pedido um carro para evitar perguntas como a que Fowler fez. Podia sentir o calor do olhar de Parker ao meu lado, mas me recusei a olhar para ele.

A garçonete caminhou para anotar nosso pedido antes que alguém pudesse fazer mais perguntas. Ela andou ao redor da mesa e os caras foram decidindo o que queriam. Quando chegou a minha vez de pedir, ela ficou entre Parker e eu e tocou levemente no meu ombro.

— Você encontrou algo de que gostaria esta noite? — A pergunta dela estava carregada com insinuações.

Fiz o meu pedido pra ela, ignorando sua tentativa de flerte. Ela era bonita, com cabelo preto que emoldurava seu rosto e grandes olhos verdes, mas estava procurando me divertir com os rapazes, não um caso de uma noite. Ela se afastou com os ombros um pouco descaídos pela derrota.

— Cara, ela estava totalmente interessada em você — Parker disse, para que só eu escutasse. — Você devia cair dentro.

Encolhi os ombros.

— Não estou interessado.

Ele levantou a sobrancelha em surpresa.

— Por que não? Agora você está solteiro. Não tem nada te impedindo.

— Foder qualquer coisa que tenha pernas é mais o seu estilo, não o meu. — Por que ele estava tão interessado em que eu fizesse sexo?

Ele sorriu.

— Não há nada de errado com isso.

A conversa voltou a incluir todos da mesa uma vez que a garçonete trouxe nossas bebidas.

— Os Nationals estão indo bem esse ano — Barrett comentou, tomando um gole de sua cerveja.

— Eles têm ótimos rebatedores — concordei. — Eles me deram trabalho quando joguei contra.

— Definitivamente os veremos nos *playoffs*, assumindo que também chegaremos lá — acrescentou Fowler.

— A gente não vai assumir nada — Parker falou. — Eu vou declarar agora. A gente vai até o final. — Embora sua confiança fosse geralmente irritante, concordei com ele sobre nossas chances para a pós-temporada. Apesar de ele e eu termos acabado de entrar para o Rockies, o time como um todo tinha uma ótima química, e estávamos jogando além das expectativas.

— Muito bem, vamos tentar não azarar isso — disse Barrett.

A noite continuou com mais algumas bebidas e muita comida, mas eu tinha me divertido muito. Quando saímos, nossa garçonete passou por mim e enfiou algo na minha mão. Uma vez lá fora, desdobrei o pedaço de papel e encontrei seu número. Coloquei-o no bolso e caminhei até o carro que Parker e eu havíamos pedido antes de sair da mesa. Os outros entraram em seus próprios veículos e nos separamos.

Voltamos em silêncio para o apartamento, mas, no minuto em que saímos do veículo, ele voltou para o assunto da garçonete.

NEGOCIADO

— Então, você vai ligar para ela?

— Não.

— Por que não?

Acelerei o passo, não lhe respondendo ao entrar no elevador enquanto um casal saía a pé. Parker entrou logo atrás de mim, continuando a me aborrecer.

O elevador parou em nosso andar, e nós saímos. Na nossa porta, passei a mão por cima da cabeça antes de tirar a chave do bolso e destrancá-la. Enquanto entrava, fiz-lhe a pergunta que me incomodava durante todo o jantar.

— Por que diabos você se importa tanto com quem eu fodo?

Parker fechou a porta atrás dele.

— Não me importo com quem você fode. Você só precisa transar para não ser um idiota o tempo todo.

— Apenas cala a porra boca — eu disse, me virando para encará-lo.

— Por que você não me obriga — ele zombou, com os punhos de suas mãos para os lados e o peito duro estufado para fora.

Atravessei a sala em três passos e o empurrei contra a parede.

— Vá em frente, garotão. Me bate de novo e veja o que acontece. — Ele olhou diretamente em meus olhos, nossos peitos pressionados.

Ele me deixou agitado e, antes que eu pudesse entender o que estava acontecendo, pressionei os lábios contra os dele. Ele soltou um pequeno gemido, agarrando a parte de trás da minha cabeça, e qualquer pensamento racional deixou meu cérebro enquanto eu aproveitava sua boca aberta e aprofundava o beijo. Nossas línguas se entrelaçaram, e pude sentir o sabor do chiclete de hortelã que ele tinha mastigado durante nossa viagem de volta para casa. Passei minhas mãos por seus ombros fortes e bíceps e me concentrei em como era bom sentir seu corpo sob meu toque. Ele só tinha músculo duro, não as curvas macias que estava eu acostumado.

Parando o beijo, dei um passo atrás. Que diabos eu tinha feito? Senti uma onda de pânico percorrer o meu corpo. Voltei-me para o meu quarto, precisando me afastar do homem que estava me fazendo perder a cabeça.

— Drew, espere — ele chamou atrás de mim, usando meu primeiro nome pela primeira vez.

CAPÍTULO 13
ARON

— Drew, espere — pedi.

Ele parou, mas não se virou para mim. Meu coração estava acelerado enquanto esperava ele me explicar o que tinha acontecido. Eu, com certeza não sabia o que estava acontecendo. Num minuto, ele estava gritando comigo, e no outro, estava me empurrando contra a parede da sala, enfiando sua língua na minha boca.

E eu não o empurrei para longe.

— Desculpe, eu não deveria ter feito isso. Mas você não precisa se preocupar, pois não vai acontecer novamente. Vou me mudar amanhã — ele finalmente disse.

Pisquei, sem poder dizer nada, enquanto o via entrar no quarto. Ele se mudaria, e eu não precisava me preocupar com isso acontecendo de novo. Será que eu queria que acontecesse novamente? Estava muito atordoado para processar o que queria. Nunca me senti atraído por um homem antes, nunca tinha beijado um homem, mas, novamente, não briguei com ele quando seus lábios estavam nos meus.

Por que diabos eu não briguei com ele?

Tomei um banho, precisando acalmar meus nervos. Ao entrar no quarto, deixei a toalha cair da cintura e rastejei até a cama. Peguei meu celular na mesa de cabeceira e mandei uma mensagem de texto para meu agente, perguntando-lhe quando eu teria o meu apartamento. Como nunca havia sido negociado antes, não sabia quanto tempo levaria para encontrar um lugar mobiliado para mim, mas tinha que ser logo. Acho que o agente do Ellis também tinha encontrado um para ele.

A luz do abajur da cabeceira iluminava o quarto e olhei para o teto branco, minha mente ainda cheia de pensamentos. Quanto mais tempo eu ficava acordado pensando no beijo, mais confuso ficava. Será que eu queria beijá-lo novamente, para ver como reagiria quando sabia o que estava por vir? Para saber se foi algo momentâneo ou se eu também me sentia atraído por homens. Rockland — *Drew* — e eu temos uma relação de amor e ódio. Foi por isso que não o afastei? Eu me sentia atraído por Drew Rockland?

Ele era cerca de um centímetro mais alto do que eu, mais forte, mais firme e um homem. Eu só tinha estado com mulheres que eram mais baixas, menores, e mais macias do que eu. Talvez porque causa de nossas desavenças, meu corpo e meu cérebro estivessem confusos. Pode ser que o meu corpo e meu cérebro estivessem confundindo raiva com desejo, porque não tinha como eu estar desejando Drew Rockland — o tenso, temperamental e idiota que me odiava.

Aí é que estava. Ele *me* odiava. Sim, tivemos uma briga no campo, mas eu não odiava o cara. Eu já estava de mau humor naquele dia, e Drew tinha sido minha fonte de escape. Talvez fosse sobre isso que se tratava o beijo. Ele havia terminado com a namorada, e eu estava zombando dele por não transar, então ele descarregou sua frustração em mim... com a boca. Ou possivelmente era por isso que ele me odiava tanto. Talvez se sentisse atraído por mim.

A TV no quarto do Drew estava ligada, o som abafado contrastava com o silêncio do meu quarto. O que ele estava pensando? Será que também não conseguia dormir? Eu deveria bater na porta dele? Tentar falar com ele? Será que queria falar com ele? Tantas perguntas, tudo porque ele tinha me beijado. Talvez precisasse esperar que ele falasse sobre isso. Provavelmente nunca mais pudéssemos abordar o assunto.

Decidindo que precisava encontrar minhas próprias respostas, peguei meu iPad e abri no site pornô. Normalmente, eu buscava algo entre duas mulheres ou o pornô padrão de homem e mulher, mas, desta vez, fui para a categoria gay. Eu era bi?

Engoli em seco enquanto a página carregava, nervoso por alguma razão. E se me sentisse atraído por caras, e nunca descobrisse isso? Nunca senti desejo de olhar para outro homem enquanto tomávamos banho ou andávamos nus no clube. Tinha feito alguns ménages algumas vezes, mas essas situações tinham sido todas sobre a mulher com quem estávamos, e nada sexual tinha acontecido entre mim e o outro cara.

A página carregou, imagens de homens aparecendo na tela em vez dos seios que eu estava acostumado a ver. Não tinha ideia de com que vídeo começar, então cliquei no primeiro. Começou com um cara atendendo à porta, seu amigo entrando, e depois sentados no sofá juntos para ver televisão. Houve uma pequena conversa, e me perguntei se poderia ser eu e Drew algum dia. Dois amigos saindo, vendo TV, e conversando. A cena mudou de repente, e os caras estavam se beijando no sofá. Eu não tinha certeza de como aconteceu, mas, naquele momento, eu não me importava. Meu pau endureceu debaixo dos lençóis e sabia que tinha minha resposta.

Estava excitado por dois homens?

Eu me sentia atraído por homens?

Como não descobri isso antes?

Tantas perguntas.

Enquanto continuava a observar a tela, meu pau implorava para ser tocado. Jogando a coberta de lado, comecei a acariciar meu pau lentamente, observando um homem enfiar a mão nas calças do outro cara. Minha mente começou a imaginar Drew fazendo o mesmo comigo. Sua grande e poderosa mão envolvendo o meu eixo antes de nos despirmos. Os caras no vídeo fizeram exatamente isso, suas bocas ainda saboreando e chupando um ao outro. Como seria fazer com que os lábios dele percorressem meu pescoço, beijando seu caminho até o meu peito, sua língua lambendo meu abdômen antes de descer e levar meu pau até sua boca?

Eu gemi, pensando nele me engolindo fundo, e tive mais de minhas perguntas respondidas: eu desejava Drew Rockland. Queria entrar em seu quarto, tirar os lençóis de cima e rastejar sobre ele. Queria levá-lo à minha boca até que descesse pela minha garganta.

Um cara na tela levou o outro para dentro de sua boca, esvaziando suas bochechas e chupando-o profundamente. Já recebi muitos boquetes na vida, mas nunca tinha dado nenhum. Será que Drew me deixaria fazer isso com ele? Tínhamos apenas nos beijado, mas eu estava fantasiando demais com isso, imaginando-nos juntos enquanto acariciava meu eixo rapidamente. O pré-gozo molhou a minha mão, tornando mais fácil bombear mais rápido. Fechei os olhos, não precisando do pornô para gozar. Em vez disso, imaginei Drew no outro quarto, fazendo exatamente o que eu estava fazendo, e então gozei, vendo meu esperma cobrindo meu abdômen em jatos longos.

Jogando o iPad para o lado, deitei ali e olhei para o teto novamente.

Que diabos estava acontecendo?

NEGOCIADO

Quando acordei na manhã seguinte, Drew já tinha ido embora. Entrei em seu quarto, e todas as suas roupas tinham sumido. Ele achava que poderia me evitar? Não era como se pudesse escapar de mim para sempre. Estávamos na droga do mesmo time. Eu não falaria com ele sobre isso no clube. Não queria que ninguém soubesse e tinha certeza que ele também não, mas tínhamos que discutir isso. Mesmo que ele me dissesse que era um lapso de julgamento e que estava cumprindo sua palavra de que não voltaria a acontecer, eu precisava saber. Precisava saber por que ele tinha me beijado.

Preparando-me para ir para Coors Field, pedi um carro, peguei minhas coisas e desci para esperar a minha carona. Meu celular tocou. Tirando-o do bolso, vi que era meu agente me ligando.

— Lee, recebeu minha mensagem ontem à noite? — respondi, saindo do prédio.

— É por isso que estou ligando. — Acenei com a cabeça e esperei que respondesse à pergunta. — Encontramos um lugar para você, mas não estará pronto por mais uma semana ou mais.

— Parto para São Francisco em breve, e depois vamos ficar na estrada por quinze dias.

— Eu sei. Mande alguém fazer as suas malas e mandarei alguém pegá-las e levá-las ao seu novo apartamento.

— Está bem. — Parei no meio-fio, esperando o carro.

— Como vão as coisas com Rockland?

Perdi o fôlego.

— O que você quer dizer?

— Morar juntos.

— Oh — exalei. — Ele se mudou esta manhã.

— E vocês dois não mataram um ao outro?

— Não. — Eu ri, pensando no beijo de novo. — Nós sobrevivemos.

— Bem. Acho que esta foi a coisa certa para você, Aron.

— Já me disseram isso.

— Quero dizer, a longo prazo.

O carro parou, e eu entrei.

— Você quer dizer que eles vão assinar outro contrato comigo?

— Há uma boa chance, especialmente se continuar jogando como está.

Será que eu queria ficar no Colorado? Se quisesse, teria que vender minha casa no Missouri, porque não havia nada que me mantivesse lá. Ficaria mais próximo de meu pai. Ele ainda vivia em São Francisco — bem, na Baía Leste, onde cresci. São Francisco sempre foi a minha casa.

Desligamos, e não demorou muito para chegar ao estádio. No clube, minhas palmas das mãos estavam suadas. Será que encontraria o Drew? Em algum momento o encontraria. Também sabia que ele gostava de chegar cedo ao campo, mesmo quando não ia arremessar. A maioria dos caras fazia isso para que pudéssemos ir na academia e depois comer antes de nos prepararmos para o jogo.

As portas estavam abertas quando cheguei ao vestiário, e entrei no espaço vazio. Fui direto para o meu armário, colocando minha bolsa dentro. Já vestido com uma camisa larga e calções de ginástica, fui até a sala de musculação, parando na porta quando vi Drew correndo na esteira.

Hesitei por um momento, respirei fundo, e fui pra uma esteira localizada a duas maquinas depois da dele, deixando uma vazia entre nós. Ele se virou para mim, seus olhos se alargaram e seus pés vacilaram alguns passos enquanto continuava correndo. Sem saber o que fazer ou dizer, lhe dei um sorriso tenso e coloquei os fones de ouvido. Ele também estava usando os dele, então, era mais do que provável, não tinha me ouvido entrar. Ele me deu um leve aceno de cabeça e, alguns minutos depois, abrandou a esteira, desligou e saiu.

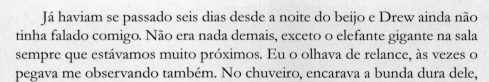

Já haviam se passado seis dias desde a noite do beijo e Drew ainda não tinha falado comigo. Não era nada demais, exceto o elefante gigante na sala sempre que estávamos muito próximos. Eu o olhava de relance, às vezes o pegava me observando também. No chuveiro, encarava a bunda dura dele, imaginando como seria sob meu toque, querendo saber o que ele faria se meus lábios percorressem um caminho ao longo de todo seu traseiro.

Sendo a pessoa superior, ou seja lá como se chamava sob as circunstâncias, me dirigi para onde Drew se sentou no banco do clube antes de seu início. Estava quase na hora de ir para o campo para aquecer. Ele olhou para cima enquanto eu me aproximava; nossos olhares se encontrando.

— Boa sorte hoje — disse eu, com um pequeno sorriso.

Ele acenou um pouco com a cabeça.

— Obrigado.

Nada mais foi dito quando saí do vestiário.

Ele se saiu bem, lançando sete entradas e permitindo apenas uma batida. Ganhamos o jogo, dando-nos um recorde de quatro vitórias e uma derrota no total de cinco jogos.

Após nosso jogo diurno contra os Reds, embarcamos em um voo para São Francisco, nos preparando para jogar na noite seguinte. Drew e eu fizemos contato visual algumas vezes, mas, mesmo assim, nenhuma palavra foi dita entre nós. Ele parecia querer esquecer que beijo aconteceu, mas eu não conseguia. Não queria esquecer. Talvez ele pensasse que eu explodiria com ele quando, na realidade, era o oposto completo.

O avião aterrissou, e o time se dirigiu para o ônibus para ir ao hotel. A maioria deles pedia comida para levar, encerrar a noite e dormia. Normalmente, eu sairia com alguns dos rapazes se quisessem tomar algumas cervejas, mas não era isso que planejava fazer hoje à noite.

— Vejo vocês mais tarde — avisei, me separando do grupo para ir em direção ao carro que havia pedido.

— Para onde você está indo? — Santiago me perguntou.

— Eu tenho um encontro. — Sorri. Meu olhar foi até Drew para ver sua reação.

Ele franziu a testa, mas não disse nada.

— Claro que tem. — Fowler riu.

Eu não diria aos rapazes que jantaria com meu pai. Poderia ter dito, se não quisesse ver a reação de Drew. Ele estava com ciúmes? Eu não tinha ideia, e isso estava me matando. Mas não podia ficar pensando, nele porque o jantar com meu pai era importante — um que eu temia, mas tentei não pensar nisso. Foi provavelmente por isso que me deixei pensar tanto no beijo.

O carro chegou, e entrei, enviando uma mensagem para meu pai.

Eu: Estou indo para o restaurante.

Pai: Até breve, filho.

Quarenta minutos depois, o carro me deixou em Sausalito. Era contramão para nós dois, mas era o nosso restaurante. Estava aberto desde que eu era criança, um lugar para onde íamos em aniversários e ocasiões especiais. Celebramos lá quando assinei com os Cards. Era também o favorito da minha mãe.

Entrando no restaurante à beira-mar, vi meu pai em uma mesa perto da janela.

— Estou vendo minha companhia — disse à recepcionista.

Ela sorriu abertamente. Sabia quem eu era ou me achou atraente. Ou ambos. Engoli em seco. Eu a achei atraente, mas minha mente ainda estava em Drew. Talvez eu precisasse transar para que pudesse esquecê-lo. Quando foi a última vez que fiz sexo? Antes de nossos jogos em Nova York?

Eu, definitivamente, precisava transar.

Meu pai tirou os olhos do celular enquanto eu me aproximava e sorriu.

— Pai — cumprimentei com meu próprio sorriso.

Ele ficou de pé e me engoliu em seus braços.

— É bom ver você, Aron.

— É bom te ver também.

Sentamos na pequena mesa para duas pessoas.

— Vi você ganhar hoje.

Acenei com a cabeça.

— Sim, é bom estar em um time vencedor agora.

— Os Cards nem sempre foram uma porcaria. — Ele riu.

— *Touché.*

Um garçom veio e anotou nosso pedido de bebidas e jantar antes de ir embora.

— Sua mãe ficaria orgulhosa de você.

— Pai — suspirei.

— Você sabe que ela estaria. — Ele deu um pequeno sorriso.

— Eu sei.

— Gostaria que estivéssemos jantando em circunstâncias diferentes — admitiu.

— Eu também. — Quando vimos meu novo calendário após a negociação, e mudei de ideia sobre ajudar meu pai, tínhamos alterado a data do nosso jantar. Eu tinha conseguido falar com Schmitt e, depois de contar a ele o que estava acontecendo, ele tinha feito uma nota para me tirar da rotação quando necessário.

NEGOCIADO

O garçom trouxe nossas bebidas, e meu pai tomou seu uísque em um único gole antes que o garçom pudesse ir embora. Ele pediu outro. Não o culpei.

— Como isto é difícil para nós dois, entrei em contato com um organizador de eventos, e eles montaram uma celebração de vida.

Acenei, esperando que ele continuasse.

— Já passei todos os detalhes, e vamos alugar um iate particular à noite, levá-lo para a baía e acender algumas lanternas de papel ecológicas para a sua mãe.

Eu sorri calorosamente, sentindo um caroço na garganta, e imaginei o céu iluminado por um fogo flutuante.

— Isso parece perfeito.

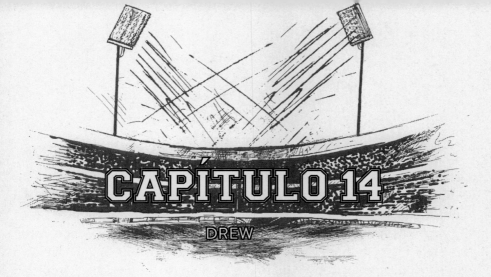

CAPÍTULO 14

DREW

São Francisco era uma das minhas cidades favoritas para visitar. A região não só era bonita e com clima ameno, mas havia muito o que fazer se tivéssemos algum tempo sobrando. Quando jogava com os Mets, geralmente fazíamos apenas algumas viagens à Costa Oeste a cada temporada, mas jogar na divisão da Liga Nacional Leste significava que eu viajaria a São Francisco com mais frequência.

Caminhando pelo aeroporto, Matthewson passou um braço por cima dos meus ombros.

— Hoje à noite, vamos passar em alguns bares. Está dentro?

Antes que eu pudesse responder, vi Santiago se aproximar de Aron. Será que eu consigo sair com eles, se o Aron for junto?

— Eu tenho um encontro — Aron respondeu, ao que quer que Santiago tivesse perguntado.

Quando meu olhar encontrou o de Aron, tentei controlar minha expressão, para esconder a surpresa que estava sentindo. Ele tinha um encontro? Todos sabiam que ele era o filho de Joel Parker. Joel tinha jogado pelos Giants durante toda a carreira e era um dos melhores jogadores de defesa da área externa que a liga teve. Parecia lógico que Aron tivesse crescido em São Francisco quando era mais jovem ou, pelo menos, passado muito tempo morando aqui. Eu me perguntava se seu encontro era com uma mulher de seu passado ou com uma prostituta aleatória. Ela era alguém que ele via regularmente quando estava na cidade, ou alguém que nunca havia conhecido antes?

— Parece que Parker está fora — Matthewson continuou, enquanto andávamos até onde os ônibus estavam esperando para nos levar até o hotel. — Você vai nos abandonar também?

Neguei com a cabeça.

— Estou dentro.

Ele deu tapas nas minhas costas.

— Fantástico. Vamos nos encontrar no saguão às dez.

Olhei para o celular para ver as horas. Era pouco depois das oito, e quando os ônibus chegaram ao hotel e todos nós recebemos nossas chaves do nosso coordenador de viagem, eu provavelmente teria cerca de trinta minutos para me preparar.

Uma vez no meu quarto, tirei algumas coisas da mala e depois caminhei até o banheiro para tomar um banho rápido. A água quente aliviou a tensão em meus músculos. Embora nossos voos tenham sido feitos para serem o mais confortáveis possível, um cara do meu tamanho não conseguia ficar muito confortável naqueles assentos.

Inclinei a cabeça para trás sob a água fumegante e fechei os olhos, minha mente se concentrando em Aron. Não sabia se estava grato por ele não sair conosco ou não. Estava inclinado a ficar aliviado, porque o tinha evitado na última semana e fiquei o tempo todo tentando dar sentido ao que tinha acontecido entre nós dois lá no apartamento. Havia repassado cada detalhe, dissecado cada palavra dita entre nós, e ainda não sabia por que o beijara. Será que eu via Aron como alguém que me interessava romanticamente? Eu tinha me feito a pergunta um milhão de vezes e ainda não tinha uma resposta. A única coisa que sabia era que não tinha esquecido o beijo. A ereção que eu tinha ao caminhar para o quarto fora prova suficiente de que eu tinha gostado. Mas será que eu queria fazer isso de novo?

Nem uma vez em meus trinta e três anos eu tinha achado outro homem atraente, muito menos beijado um, mas algo havia mudado entre Aron e eu em Nova York, e eu não o via mais como um idiota egocêntrico. Isso não explicava porque não consegui manter minha boca longe dele quando me disse para fazê-lo calar a boca. Havia algo nele que me fazia reagir de uma maneira que não estava acostumado. Nunca havia brigado com alguém no campo, como havia feito com ele. Nunca levei uma suspensão antes. E com certeza nunca tinha enfiado a língua na garganta de alguém durante uma discussão.

Ele me fazia sentir alguma coisa, e a única palavra que descrevia isso com precisão era paixão. Ele me fazia sentir coisas.

Coisas intensas.

O que eu deveria fazer com esses sentimentos? Se ele tivesse me dado um soco no momento em que meus lábios tivessem tocado os seus, ao menos eu saberia o que ele pensava sobre o beijo. Teria sido melhor do que o limbo estranho em que nos encontramos com olhares roubados, nenhum de nós dando o primeiro passo para conversarmos um com o outro sobre o que aconteceu. Não sabia o que estava acontecendo em sua mente, e minha própria cabeça ainda estava uma bagunça. Não podia falar com ele até que me resolvesse.

Ignorá-lo não significava que não estivesse consciente de sua presença toda vez que estávamos no mesmo espaço. Meu estômago se revirou quando ele entrou na sala de musculação quando eu estava na esteira antes do jogo. Tinha sentido o suor na minha testa e meu ritmo cardíaco aumentar, e nenhum dos dois era pôr causa do mínimo esforço que eu tinha feito para manter um ritmo. Tinha tudo a ver com o homem que estava a apenas alguns metros de mim. Não fazia ideia de como eu teria reagido se ele tivesse tentado falar comigo. Soltei um suspiro de alívio quando ele colocou seus fones de ouvido e começou a correr sem dizer uma palavra, e logo depois eu saí, me sentindo o maior covarde do mundo.

Desliguei o chuveiro, dando uma pausa no constante ciclo de pensamentos sobre Aron Parker, e me concentrei em me preparar. Uma noite de diversão com os rapazes, e sem ele, era exatamente o que eu precisava.

Depois de me secar, vesti um suéter bordô e um par de jeans cinza. Podia ser verão, mas São Francisco ficava muito frio à noite. Verificando minha aparência no espelho, gostei da quantidade de cabelo que deixei crescer, mas logo precisaria de um corte de cabelo.

Depois de amarrar meus sapatos pretos, fui ao encontro dos outros. Fowler, Matthewson, Barrett, Santiago, Littleton e Miller estavam esperando no saguão. Dos seis, eu tinha mais intimidade com Barrett, seguido por Littleton. Barrett era nosso receptor titular, e desde que me juntei ao Rockies, nós dois tínhamos trabalhado juntos. Littleton era o nosso *reliever*, o arremessador reserva, e jogamos juntos duas vezes no *bullpen*. Ambos eram legais e eu gostava de sair com todos os caras do time.

— Rockland, se apresse. Temos cervejas para beber — Santiago gritou, quando me viu.

Eu sorri e acelerei meus passos.

— Aonde vamos? — perguntei uma vez que cheguei ao grupo.

— Matthewson está encarregado de escolher o lugar, então provavelmente será um péssimo bar em uma parte ruim da cidade. — Barrett riu.

NEGOCIADO

95

— Só aconteceu uma vez — Matthewson respondeu. — Já se passaram dois anos, cara. Deixa pra lá.

O grupo riu dos dois enquanto eles brigavam. Zoar com a cara um do outro, isso era fazer parte de um time, e havia algo no nosso que parecia certo. Era como se eu estivesse no lugar em que sempre deveria estar. Não tinha ideia do porquê disso, mas eu gostava.

O lugar onde acabamos não era ruim, mas não estava lotado ou na moda, de forma alguma. Parecia mais um bar de bairro, com clientes que pareciam regulares ali, enchendo a maior parte dos assentos. Encontramos duas mesas à direita e as empurramos juntas. Uma vez que todos estavam instalados, Matthewson e eu nos oferecemos para pagar a primeira rodada.

— Estou feliz que você veio hoje à noite — Matthewson disse, se apoiando no bar, o barman enchendo quatro jarras de cerveja para nós. — Você não parece sair muito.

Eu não era de falar muito de mim, mas tinha a sensação de que ele estava tentando me conhecer.

— Eu nunca saí muito em Nova York. A vibração era um pouco diferente lá. A maioria dos rapazes eram casados com filhos pequenos e não estavam interessados em ir a bares tarde da noite.

— Sei como é. — Ele acenou um pouco com a cabeça.

— Você é casado? — perguntei, um pouco surpreso, porque nunca o tinha ouvido mencionar uma esposa, mas talvez isso fosse prova do pouco que eu sabia sobre ele. Na verdade, sobre o time todo.

— Eu era. Temos dois filhos e acabamos de concluir o divórcio há alguns meses.

— Cara, sinto muito em ouvir isso.

Ele encolheu os ombros.

— Não lamente. Ela gostava da ideia de ser esposa de um jogador de beisebol, mas não de viver a realidade do estilo de vida. Nem todo mundo aguenta ter seu marido na estrada durante metade do ano.

Eu acenei, sem ter certeza de como responder a isso.

— Então, é por isso que você não sai muito? Tem alguém para voltar em Nova York?

— Não — respondi, enquanto o barman colocava nossas cervejas na nossa frente. Puxei meu cartão de crédito para pagar. — Quero dizer, eu tinha. Nós dois nos separamos durante nossa última viagem. A distância depois da negociação era muito grande para ela, por isso decidimos seguir caminhos separados.

Não é a verdade completa, mas era o que eu estava disposto a compartilhar. Foi estranho falar de Jasmine. Fiquei tão chateado quando a encontrei com Zane. Achei que levaria algum tempo para superar a traição. Mas eu mal tinha pensado nela nos últimos dias, exceto quando tive que fazer um exame de sangue que, felizmente, tinha dado negativo para qualquer DST. Em vez disso, apenas uma pessoa havia consumido meus pensamentos, e achei estranho que tivesse passado mais tempo focado em alguém com quem havia compartilhado um beijo do que a pessoa com quem estive por dois anos.

— Isso é uma droga — Matthewson respondeu, enquanto voltávamos para nossas mesas. — Nossa profissão não facilita na hora de manter um relacionamento.

Ele estava certo. Eu estava apaixonado por Jasmine e pensava em me casar com ela. Pensava que ela era a pessoa certa para mim, e que seríamos capazes de lidar com nossos horários loucos separados, já que ambos estávamos acostumados a viajar com frequência, mas não era o ofício que nos tinha separado. Sua traição provou que nosso relacionamento não era tão sólido quanto eu acreditava. Se fosse, eu teria beijado outra pessoa menos de uma semana depois? E não apenas qualquer outra pessoa, mas um homem. Um homem pelo qual ainda não sabia como me sentia.

— Demorou hein — Fowler brincou, quando voltamos para a mesa.

Os caras pegaram um copo e serviram uma bebida para eles. Eu me acomodei no banco e tentei me concentrar em me divertir com meus colegas de time. O problema era que minha mente não parava de pensar em Aron no seu encontro. Eu me perguntava se os lábios que eu havia provado, e não conseguia parar de pensar, estavam beijando outra pessoa.

***

Os caras estavam em uma discussão acalorada sobre o melhor jogo defensivo de todos os tempos quando voltamos ao hotel, e foi por isso que provavelmente não notaram que um de nossos colegas de equipe saiu do lobby em direção à área da piscina. No entanto, eu o tinha reconhecido.

— Encontro com vocês amanhã — disse, me afastando do grupo.

— Aonde você vai? — Santiago perguntou, e as portas do elevador se abriram.

— Esqueci minha chave. Vou buscar outra na recepção.

NEGOCIADO

Esperei até que as portas fechassem e depois fiz um desvio para a mesma porta pela qual eu tinha visto Aron passar. Não sabia se era o álcool que me fazia ficar mais ousado ou o puro ciúme de seu encontro que me obrigava a segui-lo.

Saindo para a noite fria, encontrei-o sentado em uma mesa junto à piscina brilhante. Ele olhou para cima enquanto eu me sentava na cadeira ao seu lado, e esperei um momento antes de falar:

— Estou surpreso em vê-lo aqui fora. Mandou o seu encontro embora?

— Está com ciúmes, Rockland? — Me incomodou que ele me chamasse pelo sobrenome. Ainda podia ouvir seu apelo ao me pedir para parar de ir embora depois do nosso beijo.

— Não, não estou com ciúmes. — Sacudi a cabeça, mas, no fundo, sabia a verdade. Estava com ciúmes de quem quer que tivesse saído com ele, mas não me sentia pronto para admitir, então nos sentamos em silêncio por vários minutos, olhando as luzes que iluminavam a piscina, transformando a água de vermelho para verde, para azul e para roxo.

Aron suspirou e finalmente disse:

— Eu não fui em um encontro. Disse isso para conseguir arrancar alguma reação de você. Você tem me ignorado por uma semana feito um covarde.

Vacilei um pouco.

— Você teve um encontro?

Ele riu.

— Não.

— Não tenho agido feito um covarde — argumentei, tentando negar a acusação dele, mas foi inútil. Nós dois sabíamos a verdade.

— Deveríamos conversar então.

Neguei com a cabeça, pronto para voltar para o meu quarto.

Aron me parou com uma mão em meu ombro.

— Preciso saber o porquê.

Fiz uma pausa por um momento e olhei nos olhos dele.

— Alguém pode nos ouvir aqui, e acho que nenhum de nós quer uma plateia para essa conversa.

— Venha até o meu quarto então — sugeriu.

A ideia de estar sozinho em um quarto de hotel com Aron era ao mesmo tempo excitante e aterrorizante. Ele parecia inflexível sobre a nossa conversa, e a verdade era que eu queria saber o que ele pensava sobre aquela noite.

Minha curiosidade levou a melhor sobre mim e, antes que eu percebesse, estava o acompanhando até o elevador.

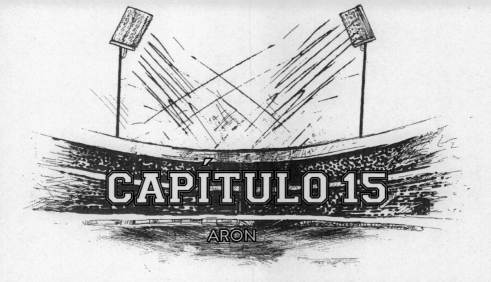

CAPÍTULO 15

ARON

Entramos no elevador do lobby, Drew indo para um lado e eu para o outro — como se alguém fosse nos ver de pé ao lado um do outro e soubesse do que precisávamos falar. Apertei o botão para o meu andar. As portas se fecharam, e nenhum de nós se moveu, mesmo estando sozinhos lá dentro. Nenhuma palavra foi dita enquanto subíamos, e uma vez no meu andar, as portas se abriram, e saímos, Drew seguindo atrás de mim. Olhei por cima do ombro, vendo que ele estava pelo menos três metros atrás. Éramos colegas de time e, mesmo não sendo amigos, não era incomum caminharmos lado a lado para nossos quartos, mas ele estava agindo como se fôssemos estranhos.

Como se ainda fôssemos inimigos.

Éramos inimigos?

Parei na minha porta, olhando para Drew e usando a chave eletrônica. Ele ficou para trás, observando para cima e para baixo no corredor para ter certeza de que ninguém estava espiando.

— É melhor você entrar aqui antes que alguém nos veja. — Revirei os olhos. Importaria se alguém visse Drew entrar no meu quarto? Não achava que sim, já que vivemos juntos por mais de uma semana. Ele entrou sem uma palavra, e fechei a porta atrás de nós. — Posso lhe trazer algo para beber? — perguntei, indo até o frigobar.

— Você tem uma suíte de dois cômodos. — Negou com a cabeça, olhando ao redor do meu quarto.

Eu sorri.

— Está escrito no meu contrato.

Deu uma risada.

— Claro que está.

— Então…? — perguntei, apontando para a pequena geladeira.

Não sabia a opinião dele, mas precisava de uma bebida. Depois do jantar com meu pai, queria ir para o bar do hotel, mas tinha visto o time subindo pela entrada quando o carro onde estava parou para me deixar lá. Não queria que eles me vissem e, quando saí do carro e peguei minha chave na recepção, eles já estavam caminhando em direção aos elevadores. Vi a porta para a piscina e fui esperar o tempo passar lá. Não achei que o Drew fosse me seguir.

— Jack e Coca-Cola — respondeu, se sentando no pequeno sofá na área de estar da sala.

O gelo já estava pronto na pequena geladeira, e fui preparar as bebidas antes de lhe entregar a dele. Nós dois tomamos grandes goles e depois olhamos para tudo, menos um para o outro. O quarto estava silencioso e eu não tinha certeza do que fazer. Sentar-me ao lado dele parecia estranho, e tudo entre nós era constrangedor. Quando vivíamos juntos, sentávamo-nos no sofá lado a lado várias vezes. Não era novidade, mas, agora, tudo parecia diferente. Suponho que seja.

Havia uma cadeira de costas altas ao lado do sofá, e optei por me sentar nela, encolhido, como se estivesse com frio quando, na verdade, meu coração estava quase batendo para fora do peito.

Drew tomou mais um gole de sua bebida e depois respirou profundamente.

— Você é gay?

Abri minha boca para responder, mas depois pensei sobre sua pergunta por vários e longos momentos. Finalmente, falei:

— Não. — E neguei com a cabeça.

— Por que você hesitou? — questionou.

Dei de ombros.

— Já fiz ménages antes, mas só ficava com as mulheres.

Ele acenou com a cabeça como se tivesse sua resposta.

— Você é gay? — perguntei, antes de tomar um gole da bebida.

Seus olhos se alargaram, e ele negou com veemência.

— Não.

— Mas você me beijou — argumentei.

— E você não me empurrou para longe.

Eu parei.

— Fiquei atordoado demais para fazer qualquer coisa.

— E eu estava tão enfurecido que não sabia o que estava fazendo — estalou, depois tomou outro gole de sua bebida.

Suspirei.

— Então, você anda por aí beijando caras quando está irritado?

Drew ficou de pé.

— Porra, não.

— Então por que me beijou? — pressionei, inclinado para frente e pronto para me levantar. Meu sangue estava circulando muito rápido, e eu não tinha certeza de quanto tempo mais conseguiria manter minhas emoções sob controle. Queria que ele pensasse que o beijo não me incomodava, mas, para falar a verdade, desejava provar o uísque em seus lábios. Sentir a frieza da língua dele pelo gelo em sua bebida.

— Eu não sei. — Ele passou as mãos pelo rosto.

— Claro que sabe. — Tomei um último gole de meu uísque com Jack e coloquei o copo sobre a mesa de café.

— Eu lhe disse que não estava completamente ciente do que estava fazendo. — Pegou sua bebida e entornou o resto antes de colocar o copo na pequena lava-louças.

— Eu não acredito nisso.

— Bem, é a verdade — disse e começou a andar.

— Você se sente atraído por mim? — Cruzei os braços sobre meu peito.

Ele parou de se mexer e me encarou.

— Você se sente atraído por mim?

Encolhi os ombros.

— Sinceramente, eu não sei.

— Você... Você não sabe?

Com medo de encontrar seu olhar, olhei para o carpete vinho e disse em voz baixa:

— Pensei muito sobre o beijo. Pensei muito em você. Pensei muito em tudo.

— Eu também — sussurrou.

Virei o rosto para cima, encontrando os olhos dele.

— Pensou?

O pomo de adão dele se moveu para cima e para baixo em sua garganta enquanto engolia.

— Sim.

— Você gostou? — Descruzei os braços, querendo tocá-lo, mas sem fazê-lo.

— Sim.

NEGOCIADO

Nossos olhos permaneceram presos enquanto eu dava um passo em sua direção.

— Você quer fazer isso de novo?

— Eu… — Drew hesitou e olhou para o lado como se tivesse vergonha de admitir o que realmente queria.

— Não é preciso ficar analisando muito. Se ambos gostamos, então qual é o problema?

Outro passo.

— Eu não sou gay — alegou.

— Eu também não sou. — Embora não tivesse certeza absoluta de que isso fosse verdade. Talvez eu só me sentisse atraído pelo Drew, embora a pornografia gay que eu estava assistindo para testar minha reação sempre me fizesse ficar duro.

— Mas você gostou.

Mais um passo.

— E você também — lembrei a ele, dando outro passo, este me fazendo ficar a apenas mais um de distância. — Poderíamos tentar de novo e ver se ainda gostamos.

Seu olhar se moveu para os meus lábios e depois voltou para cima. Ele hesitou por alguns segundos, como se lembrasse de como eram meus lábios nos dele, e então sussurrou:

— Tudo bem.

Mais um passo. Nós estávamos quase nos tocando.

Lambi meus lábios e o olhar de Drew se moveu para eles novamente, mas não moveu outro músculo. Inclinei-me, fiz uma pausa, olhei fixamente para sua boca e então me aproximei, meus lábios encontrando os seus.

Nós não nos movemos.

Nossas bocas ficaram pressionadas por vários segundos. Finalmente, enfiei a língua ligeiramente para fora, passando-a ao longo de sua boca. Ele a abriu, minha língua se movendo mais para dentro, provando, sugando, gostando.

Drew gemeu, girando-me, minhas costas batendo na parede. Aprofundou o beijo, tomando conta e devorando minha boca com a dele, sua língua rodopiando ao redor da minha.

— O que você está fazendo comigo? — sussurrou, enquanto nos afastamos para respirar.

— Eu poderia perguntar a mesma coisa.

Ele me beijou novamente, trabalhando a língua com a minha, sem pensar mais.

Meu pau começou a endurecer, e puxei para trás.

— Temos que parar.

— Por quê? — perguntou, descansando a testa contra a minha.

Eu inalei e admiti:

— Porque eu quero mais.

Drew deu um pequeno passo atrás, olhando nos meus olhos.

— Mais?

Fechando meus olhos brevemente, reuni a coragem e confessei:

— Beijar você está me deixando duro.

Ele olhou para baixo.

— Me mostre.

— Mo… Mo… Mostrar para você? — gaguejei.

— Sim — sussurrou.

Engoli em seco e estiquei o braço, desabotoando o cinto, e depois abri o botão e o zíper do meu jeans. Drew assistiu, seu olhar quente fazendo minhas palmas suarem.

— Acho que sou bi — comentei, atrapalhado.

O olhar dele se voltou para o meu.

— Por que você acha isso?

Sacudindo as mãos, admiti:

— Desde a noite do nosso beijo, tenho gozado assistindo pornografia gay.

— Sério?

Encolhi um pouco os ombros.

— Depois que você me beijou, eu fui para o meu quarto e minha mente estava um caos. Precisava saber por que tinha gostado.

— Mas você nunca esteve com um cara antes?

Neguei com a cabeça e lembrei a ele:

— Não, mas beijar você me deixa duro.

Ele agarrou minha mão e a colocou em sua protuberância.

— Também me deixa.

Em um instante, me senti como um virgem de novo, sem saber o que fazer a seguir. Minha boca salivou e meus dedos pressionaram contra sua ereção, desejando puxá-lo para fora e ficar de joelhos.

— Drew — sussurrei, encontrando seu olhar.

— De joelhos, Aron — ordenou.

Será que ele conseguia ler a minha mente? Meu instinto era dizer a ele para não me dar ordens, mas, em vez disso, eu me vi abaixando de joelhos e abrindo o seu cinto.

NEGOCIADO

— Tem certeza disso?

— Não, mas quero sentir sua boca ao meu redor.

Eu gemi, pensando o mesmo. Ele me ajudou a empurrar sua calças jeans e boxers para baixo o suficiente até que o seu pau saltou livre.

— Cristo — murmurei, enrolando a mão em torno de seu comprimento impressionante.

Drew gemeu, enquanto minha mão o bombeava lentamente. Ele se inclinou ligeiramente, apoiando-se com a mão na parede atrás de mim, como se seus joelhos fossem dobrar. Seus olhos estavam fechados quando ergui o rosto. Queria ver sua expressão no momento em que meus lábios tocassem seu pau. Precisava saber o efeito que tinha sobre ele, porque ele estava me deixando duro como aço, e ele nem mesmo estava me tocando. Inclinei-me para frente e lambi a ponta.

Ele se contorceu, seus olhos permaneceram fechados.

— Porra, Aron — ele respirou.

Sem pensar mais, fui em frente, apertando minhas bochechas e levando-o à boca, chupando-o como eu gostava de ser chupado. Ele endureceu mais, sua mão livre indo até a minha cabeça e me guiando, enquanto eu o trazia para dentro e para fora e rodopiava a língua em torno de sua ponta.

— Isso tá tão gostoso.

Eu gemia ao redor dele, indo mais rápido e querendo fazê-lo desmoronar. Nunca na minha vida teria pensado que iria querer chupar outro homem, mas naquele momento, era tudo o que eu queria fazer com Drew. Não fazia diferença o fato de a gente já ter trocado socos no campo ou que ele muitas vezes gritasse comigo sobre coisas estúpidas como pratos sujos. Queria que ele se descontrolasse por minha causa.

— Vou gozar — ele gemeu.

Hesitando por um momento, olhei para ele; não sabia se estava pronto para ele gozar na minha boca, mas o olhar em seu rosto, como se minha boca fosse a melhor porra do mundo, me fez decidir. Chupando-o com mais força, insisti para que se soltasse. Para descer pela minha garganta e me deixar saboreá-lo. E ele o fez, com seus quadris tremendo enquanto atirava o esperma na minha boca. Bebi seu gozo até que ele estivesse seco, depois sentei em meus calcanhares, limpando o lábio inferior.

Drew me olhou, ofegando, enquanto se agachava.

— O que você está fazendo comigo? — questionou novamente.

Eu sorri, ainda olhando para ele. Meu pau estava latejando, precisando ser tocado também. Antes que eu percebesse, Drew me puxou para cima pela camisa, me empurrou contra a parede novamente e enfiou sua mão dentro do meu jeans aberto.

Sua mão quente se enrolou ao redor do meu eixo, e ele me bombeou. Seus lábios foram até meu pescoço, lambendo e beijando antes de se mover para meus lábios. Nós nos beijamos enquanto ele me deixava mais perto de gozar.

Sua boca deixou a minha brevemente.

— Eu posso sentir o meu gosto em seus lábios. Isso é sexy pra caralho.

— Porra — gemi contra a boca dele, que me beijava de novo. — Quase lá.

Ele bombeou com mais força, seu rosto se movendo de volta para o canto do meu pescoço, nossa respiração ofegante enchendo a sala. Estava na ponta da língua fazer a pergunta que havia sido repetida algumas vezes na última hora, mas eu sabia o que ele estava fazendo comigo.

Drew Rockland estava me mudando.

NEGOCIADO

CAPÍTULO 16
DREW

Minha mente estava girando.

Senti um pouco de pânico subindo em meu peito, meu coração batendo rápido por causa da combinação de ter gozado com mais força do que em muito tempo e a realização do que Aron e eu tínhamos feito. Quando o segui até seu quarto, nunca pensei que iríamos tão longe quanto tínhamos ido. Na verdade, presumi que só íamos resolver nossas pendências, colocando a briga e o beijo no passado.

Quando ele admitiu que havia gostado do beijo, fiquei chocado, mas também aliviado. Sua honestidade me permitiu aceitar minha própria verdade de que estava a fim dele.

— Você está bem? Parece que está prestes a surtar, cara — Aron disse, fechando o jeans.

Respirando fundo, respondi:

— Estou bem.

Eu estava surtando, mas não queria que ele soubesse. Perguntas para as quais eu não tinha respostas estavam correndo pelo meu cérebro. Eu era gay? Bi? Só estava afim de Aron Parker?

A única coisa que sabia com certeza era que tinha gostado do que tínhamos feito. Diabos, eu amei. Todos os pensamentos racionais sumiram no momento em que Aron caiu de joelhos diante de mim, e a sensação de sua boca quente envolvendo meu pau havia sido indescritível. Vê-lo deslizar para cima e para baixo no meu eixo, minhas mãos o guiando, tinha sido a coisa mais sexy que eu já havia testemunhado. Depois de ter gozado na garganta dele, só me pareceu certo ter certeza de que ele também ficasse satisfeito. A estranheza de ter o pau de outro homem na minha mão havia passado rapidamente, e agradá-lo se tornou meu único foco.

Parado no meio de seu quarto de hotel, nossa roupa de volta no lugar, eu não sabia o que fazer. Deveria ir embora? Será que conversaríamos mais um pouco? Tomaríamos outra bebida? Faríamos de novo?

— Sente-se, Drew.

Parecia que íamos conversar.

Sentei-me no mesmo lugar no sofá onde havia bebido antes, pois Aron pegou algumas garrafas da geladeira para nos fazer outra bebida.

Pegando o Jack com Coca-Cola de sua mão estendida, tomei um grande gole, esperando que ele fosse o primeiro a dizer algo. Ao invés disso, ele também bebeu e me lembrei da sensação de seus lábios nos meus. O homem sabia como beijar. A barba por fazer ao redor de sua boca deixou o meu rosto formigando. Seus músculos firmes sob minhas mãos eram o oposto das curvas suaves das mulheres a quem eu estava acostumado.

Tudo era diferente, e eu queria mais.

Mais *dele*.

Olhamos um para o outro por alguns momentos, um sorriso que começou a se espalhar pelo seu rosto.

— O quê? — finalmente perguntei.

Ele riu.

— Cara, não acredito que acabei de te chupar.

Eu ri, agradecido pelo pouco de leveza que ele trouxe para o que estava se tornando rapidamente um daqueles momentos embaraçosos depois do sexo, onde ninguém sabia o que fazer ou dizer.

— Sim, e fez um ótimo trabalho.

— Claro que fiz. Sou bom em tudo. — Ele piscou.

Neguei com a cabeça, sorrindo.

— Fico feliz em ver que você ainda é um idiota arrogante.

Ele tomou um gole de sua bebida.

— Isso nunca vai mudar.

Parte do pânico de antes estava começando a passar, e relaxei contra a almofada do sofá.

— Então, o que isso significa?

Ele levantou o ombro.

— Não sei.

— Devemos fingir que não aconteceu? — Eu não tinha certeza se era isso que eu queria, mas éramos colegas de time, e ambos só tínhamos estado com mulheres antes.

NEGOCIADO

— Quer fingir que isso não aconteceu?

— Eu... — hesitei, não tendo certeza de como responder.

Ele tomou outro gole de sua bebida e a colocou sobre a mesa. Inclinando-se para frente, com os cotovelos nos joelhos, falou:

— Você já admitiu que gostou do beijo e, a julgar pela forma que gozou na minha garganta, adorou o boquete. Realmente precisamos saber mais do que isso agora?

Ele tinha razão, mas esse não era o tipo de pessoa que eu era. Suspirei.

— Sei que você é um cara uma noite só, mas passei os últimos dois anos planejando o meu futuro. Nunca fui um tipo de pessoa casual, e tudo isso está me tirando da minha zona de conforto.

— Então, isto foi só mais um caso para você? — ele perguntou. — Uma coisa de uma única noite?

— Eu apenas presumi...

— Vamos esclarecer uma coisa agora mesmo. — Ele apontou seu dedo para mim. — Sim, eu faço sexo com várias pessoas. Muitas. Mas não presuma saber alguma coisa sobre o que estou pensando.

Eu franzi a testa, inseguro sobre onde ele queria chegar.

— O que você está dizendo? Devo acreditar que você quer algo a mais? Aron ficou de pé, passando as mãos na cara.

— Não sei onde isso vai terminar, mas não significa que não quero fazer isso de novo.

— Você... Você quer fazer isso de novo? — Engoli a saliva.

Ele respirou fundo, como se não tivesse percebido o que tinha dito, depois sussurrou:

— Sim, eu quero.

— Comigo? — eu me perguntei.

Ele sorriu.

— Sim, com você.

— Certo — concordei.

Como Aron, eu estava interessado em explorar mais o que quer que estivéssemos fazendo, porque ele me fez sentir coisas que eu não experimentava há muito tempo — se é que alguma vez experimentei.

Seus olhos se alargaram.

— Certo?

— Sim. Você chupa muito bem. Como eu posso recusar isso? — provoquei.

Rimos e terminamos nossas bebidas quando Aron voltou ao seu lugar.

— Você realmente assistiu pornografia gay depois que nos beijamos? — perguntei, descansando o braço ao longo da parte de trás do sofá.

— Sim, eu assisti. Você não?

— Não — respondi, um pouco rápido demais.

Ele inclinou um pouco a cabeça, um sorriso nos lábios.

— Hmm. Você pode não ter assistido à pornografia, mas parece culpado por alguma coisa.

Inalei.

— Fui para o meu quarto e me masturbei. Está feliz agora?

Seu sorriso se alargou.

— Eu sabia que não tinha como você me beijar, e depois não precisar se aliviar.

Eu ri de novo. Para minha surpresa, sua arrogância era uma das coisas que eu achava atraente nele. Aos poucos fui aprendendo que havia mais sobre Aron Parker do que o bastardo arrogante que interpretava no campo.

Embora não fosse nada como eu esperava, a noite tinha sido ótima, mas estava ficando tarde, e tínhamos um jogo amanhã.

— Bem, depois disso, vou descer para meu quarto e dormir um pouco antes do jogo de amanhã.

— Sim. — Ele bocejou. — Também preciso dormir.

Nós nos levantamos e caminhamos em direção à porta, mas não a abri, porque havia outra coisa sobre a qual eu estava curioso.

— Se você não tinha um encontro, para onde se esgueirou esta noite?

Ele suspirou, e me perguntei se não me diria. Ele não me devia uma explicação, e eu estava preocupado que tivesse exagerado.

— Você não tem que responder.

— Não, está tudo bem. Eu jantei com meu pai.

— Que bom que você teve a oportunidade de visitá-lo.

Ele encolheu os ombros.

— Sim, jantamos se pudermos sempre que estou na cidade.

Ouvir Aron mencionar o jantar com seu pai me fez sentir ainda mais falta de minha mãe do que eu já sentia. Precisava saber se ela tinha escolhido as datas para me visitar.

Aron colocou a mão na porta, fazendo com que eu não conseguisse abri-la. Ele lambeu os lábios, meu estômago se revirando, e nós dois nos inclinamos ao mesmo tempo.

— Vejo você amanhã. — Ele sorriu, se afastando.

NEGOCIADO

109

Eu sorri de volta, sabendo que o que quer que acontecesse com Aron, seria um passeio selvagem.

No dia seguinte, passei pela minha rotina habitual antes do jogo, que incluía o café da manhã no restaurante localizado no hotel. Vários dos meus colegas já estavam lá, incluindo Aron. Ele estava sentado em uma mesa com Matthewson e Ellis.

— Rockland, venha aqui — Matthewson me chamou, indicando a cadeira ao seu lado. Meus olhos encontraram os de Aron, e eu congelei. Foi uma reação estúpida. Tínhamos saído com nossos colegas de time algumas vezes desde que me juntei ao time, mas eu ainda estava preocupado que alguém pensasse que seria estranho para mim sentar de bom grado na mesma mesa que ele. — Tenho certeza de que você e Parker podem manter as coisas civilizadas por tempo suficiente para tomar o café da manhã.

— Ele não tem uma bola de beisebol que possa jogar na minha cabeça, então estamos bem. — Aron sorriu como costumava fazer, mas pareceu diferente depois do que havia acontecido na noite anterior.

Ri e me sentei ao lado de Matthewson.

— Ei, cara. Estávamos falando sobre o jogo. Acho que vai terminar entre os Giants e nós nesta temporada — Matthewson comentou, e tomei um lugar ao seu lado.

— Posso ter crescido como fã dos Giants, mas estou feliz com esse resultado — Aron acrescentou.

Eu não havia chegado à pós-temporada em meus nove anos de carreira, e pude sentir a empolgação aumentando à medida que disputava mais jogos com os Rockies. Eu não considerava nada como certo, mas parecia que tínhamos uma chance legítima, e isso era energizante.

— Aconteça o que acontecer, estou feliz por ter sido negociado — Ellis diz.

Acenei com a cabeça.

— Eu concordo.

Pelo canto do olho, vi Aron sorrir ao meu depoimento. Sim, eu estava bastante entusiasmado por algumas razões.

Depois do café da manhã, voltamos para nossos quartos para pegar o que precisávamos antes de entrar nos ônibus. Estávamos todos em andares diferentes e assim que Ellis e Matthewson saíram do elevador, Aron se voltou para mim.

— Eu ia mandar uma mensagem sobre o café da manhã, mas percebi que não tinha o seu número. Parece estranho que eu tenha tido seu pau na boca, mas não seu número no meu celular.

Neguei com a cabeça, sorrindo.

— Você vai mencionar meu pau toda vez que conversarmos?

Ele encolheu os ombros.

— Provavelmente.

Ignorando seu comentário, peguei o celular dele e coloquei meu número em seus contatos quando o elevador parou e as portas se abriram. Devolvi-lhe o aparelho e saí.

— E não me envie nenhum nude sem que eles sejam solicitados.

— Oh, eles não serão não-solicitados. Você vai implorar por eles.

— Eu não imploro — grunhi.

— Veremos. — Ele piscou, as portas se fechando.

NEGOCIADO

CAPÍTULO 17
ARON

O ônibus encostou no estádio dos Giants e vi Drew ficar na fila ao meu lado. Ele foi para o corredor, e fui atrás dele, olhando para o seu traseiro no jeans que o abraçava bem. Como seria tocar o traseiro dele?

Beijá-lo?

Lambê-lo?

Fodê-lo?

Meu pau endureceu, tornando desconfortável andar enquanto seguia Drew e saía do ônibus. Será que um dia íamos foder? O boquete, a masturbação, o beijo tinha sido tudo do nada. Tínhamos combinado que queríamos ver até onde isso nos levaria. Isso significava que estávamos namorando ou só saindo?

Se isso vazasse, o SportsCenter, a ESPN e qualquer outro site teriam um dia cheio:

De inimigos para companheiros de time e para amantes. Ninguém previu isso!

Rivais em campo, amantes fora dele

Aron Parker e Drew Rockland estão trocando mais do que socos desde que se tornaram colegas de time

O que os outros jogadores do time pensariam? O que nossos pais vão pensar? O que nossos fãs vão pensar? Eu não estava pronto para que o mundo descobrisse, porque ainda estava processando o que aconteceu entre nós.

Enquanto eu fingia brincar com Drew sobre seu pau na minha boca, a realidade era que eu coloquei um pau na boca. Mesmo tendo sido a primeira vez, eu adorei. Parecia certo. E, claro, ele também me fez gozar e, honestamente, eu queria fazer isso de novo.

Eu e o time entramos no clube de visitantes, procurando por nossos armários. O pessoal geralmente os montava na mesma ordem em todos os estádios que íamos, mas foi a primeira vez que desejei que o do Drew e o meu estivessem um do lado do outro.

Mas, é claro, não estavam.

Fui para a direita e Drew para a esquerda. Nossos olhares se encontraram enquanto eu o via ir para o seu armário habitual e eu para o meu. Não conseguia me lembrar de um tempo desde que tínhamos sido negociados em que tínhamos tido uma conversa civilizada na frente de todos. Houve uma vez no Draft House, onde nos disseram para nos beijar e fazer as pazes, o que, suponho, fizemos.

Muitas vezes.

O que teria acontecido se ele tivesse me beijado na primeira noite em que começamos a morar juntos? Teríamos começado a nos divertir antes? Eu nunca havia desejado ter um relacionamento, especialmente um em que tivesse que voltar para casa para a mesma pessoa noite após noite, mas, com Drew, a sensação era diferente. Talvez fosse porque compartilhávamos nosso próprio segredinho, e a sensação do proibido fazia meu sangue esquentar — entre outras coisas.

Depois de colocar minha bolsa no armário que me foi designado, peguei o celular e os fones de ouvido e fui para o ginásio. Embora estivesse prestes a jogar, precisava correr na esteira, relaxar ouvindo Eminem tocar nos meus ouvidos e focar no jogo.

Passando por Drew, que estava sozinho, pisquei o olho e continuei andando em direção à sala de musculação. Ele não ia arremessar mais tarde, mas eu sabia que seguia uma rotina, porque o tinha visto ir à academia toda vez que não estava no time titular. Uma nova rotina onde nós dois nos esgueiramos para um canto escuro ou um armário de suprimentos e nos perdíamos um no outro para nos prepararmos para um jogo soava melhor, mas obviamente, isso não era possível. Então, fui para uma esteira livre, enfiei os fones de ouvido, iniciei a esteira e coloquei minha *playlist*.

Vinte minutos depois da minha corrida, *Last One Standing*, de Skylar Grey, com o Eminem, Polo G e Mozzy estava tocando nos meus ouvidos,

NEGOCIADO

113

me animando para o jogo quando o celular começou a tocar. Olhei para baixo para ver que era uma mensagem de texto.

> **Drew: Economize um pouco de energia para o jogo.**

Eu ri e olhei por cima do ombro para onde ele estava sentado, treinando seus bíceps. Ele não estava olhando para mim, mas diminuí a velocidade da esteira e escrevi uma resposta.

> **Eu: Não se preocupe comigo. Tenho muita resistência ;)**

Continuei a desacelerar o ritmo.

> **Drew: Você vai sair para beber depois do jogo?**

> **Eu: Talvez. Você vai?**

> **Drew: Talvez.**

Eu sorri e respondi.

> **Eu: Prefere assistir Netflix e relaxar?**

Drew bufou, e eu o espreitei. Ele olhou para mim e depois voltou a focar no celular.

> **Drew: Sério? Você precisa aliviar um pouco da tensão depois do jogo?**

Meus joelhos tremeram um pouco enquanto eu lia suas insinuações. Pressionei o botão de parada e enviei uma mensagem de texto.

> **Eu: Sim, vou precisar aliviar com alguma coisa.**

Drew havia mudado para os tríceps enquanto eu me movia em direção à porta para sair do cômodo, precisando ir para o campo aquecer.

Ao passar por ele, lambi lentamente o lábio superior, provocando-o antes de morder o inferior. Pisquei para ele de novo, fazendo-o gemer enquanto ele fazia uma repetição. Eu sabia que não era devido ao cansaço causado pelos pesos em suas mãos, o que me fez enrijecer ao som. Foi o mesmo gemido que ouvi na noite anterior, e flashes do que tínhamos feito começaram a passar pela minha cabeça.

Logo, eu ia obrigá-lo a fazer isso novamente, mas na privacidade de um de nossos quartos.

De pé, perto do círculo *on-deck*, olhei para a multidão de São Francisco e sorri. Adorava jogar em minha cidade natal e sempre desejei que um dia estivesse no banco de reservas do outro lado do campo. Ainda havia uma chance de que meu sonho se tornasse realidade e eu me tornasse um Giant como meu pai. Ainda jogaria por muitos anos. A idade média para se aposentar era de vinte e nove anos ou alguma merda assim, mas eu queria jogar até que não pudesse mais.

Antes da troca, eu não tinha certeza se alguma vez jogaria por outro time, porque fiz meu nome sendo um Cardinal. Mas, após a temporada, eu estaria sem contrato e poderia assinar com qualquer time. Talvez os Giants me fizessem uma oferta, ou os Rockies quisessem me manter. E se eu voltasse para São Francisco — ou para outro lugar — e Drew ficasse no Colorado? Eu não tinha ideia da duração do contrato dele com o time e, mesmo que tivéssemos começado a sair agora, não tinha certeza se poderia ficar com outro homem se Drew e não estivéssemos juntos. O que eu sentia por ele era diferente de tudo que já havia experimentado antes, e talvez fosse por isso que me sentisse confortável o suficiente para experimentar com ele.

O jogo começou na hora certa e, como time visitante, estávamos prontos para bater primeiro. Encontrei o olhar do meu pai, indo para a caixa do batedor. Ele vinha a todos os jogos em São Francisco e normalmente sentava com o dono do time. Já o tinham mostrado no telão do campo, e ele tinha recebido uma enorme ovação durante o aquecimento. Ele era uma lenda viva, e os fãs ainda o amavam. Era ótimo ter seu apoio, embora eu fosse do time adversário. A única coisa que faltava era minha mãe.

NEGOCIADO

115

Com o aniversário de sua morte chegando, eu estava profundamente consciente do quanto desejava vê-la sentada ao seu lado. Sempre quis que ela tivesse me visto jogar mais do que na Liga Juvenil. Minha mãe havia amado o esporte tanto quanto meu pai. Essa foi uma das razões pelas quais eles se apaixonaram. Ela não era uma Maria Chuteira, mas uma verdadeira fã de beisebol e sabia mais estatísticas do que eu quando criança. Será que ela ficaria orgulhosa de mim? Será que eu continuaria a ser o idiota arrogante que as pessoas pensavam que eu era? Ou teria sido um jogador totalmente diferente se minha mãe estivesse sempre observando?

De pé no lado esquerdo da caixa, eu me preparei, meu braço esquerdo em posição, e olhei para a mão direita do arremessador. Os Giants estavam em primeiro lugar na divisão e estávamos em segundo, apenas dois jogos nos separando. A série entre nós seria boa e, mesmo que eu não sentisse mais como se estivesse carregando o time sobre meus ombros, ainda me esforçava para ser o melhor. Então, enquanto o arremessador lançava pela primeira vez, eu rebatia e mandava a bola por cima da parede direita do campo e para dentro do McCovey Cove. Apenas alguns fãs dos Rockies e meu pai aplaudiram enquanto eu trotava pelas bases.

Quando voltei para o banco de reservas, dei um *high five* com todos os meus colegas de time, incluindo Drew, que estava encostado na cerca que separava o banco de reservas do campo. Ele me deu uma bofetada enquanto eu passava, caminhando em direção ao armário de capacete. Embora não fosse incomum para os colegas de time fazerem isso uns com os outros como um gesto de apreciação, era incomum Drew fazer isso comigo.

Matthewson notou, sorrindo antes de dizer:

— Vocês dois se beijaram e fizeram as pazes, ou o quê?

Tirei minha luva de rebatimento da mão direita.

— Não comece essa merda de novo.

Ele sorriu e olhou para Drew, depois se voltou para mim.

— Não comecei nada.

Drew sacudiu a cabeça.

— Que tal eu e Parker sairmos com vocês esta noite depois do jogo, e eu lhes pagar uma cerveja para provar a todos que a briga ficou no passado?

— Tudo bem. Se fizerem isso, nunca mais vou falar no assunto — Matthewson disse.

Peguei uma garrafa de água e tomei um gole.

— Só podemos ter esperança.

Drew bufou.

— Certo?

— É como se eles não acreditassem em nós, a menos que, literalmente, nos beijemos na frente deles.

Os olhos de Drew se alargaram, mas ele tinha que saber que eu estava apenas brincando e me referindo ao que Matthewson havia dito na noite do bar.

Matthewson sorriu.

— Sim, só me deixe pedir ao operador de câmera para dar um zoom sobre vocês dois e mostrar ao mundo.

Eu ri com Matthewson, enquanto Drew parecia que começaria a surtar.

— Nós só estamos brincando. — Apertei o ombro do Drew. — Você teria sorte de sentir estes bebês em sua boca. — Apontei para os meus lábios e fiz um barulho de beijo, esperando que Drew soubesse que eu estava brincando.

— Em seus sonhos. — Negou com a cabeça, sorrindo.

— Muito bem — Matthewson disse, colocando suas luvas de rebatedor. Eu não tinha ideia do que tinha acontecido durante a oportunidade no bastão de Miller. — Compre uma cerveja para Parker hoje à noite, e seremos uma grande família feliz.

Se ele soubesse quão próximos eu e o Drew éramos.

Apesar de termos acertado três de quatro *home runs*, perdemos no tempo regulamentar. Foi um jogo fenomenal, como eu havia previsto, mas, no final, os Giants conseguiram a liderança com um *walk-off* duplo na nona, que marcou a corrida vencedora. Foi uma droga, e eu e os caras ficamos de cabeça baixa, percorrendo o túnel até a sede do clube. Eu precisava de comida, um banho, algumas cervejas e gozar — nessa ordem.

Peguei um prato de comida da mesa de distribuição pós-jogo, fui até o meu armário e sentei na cadeira executiva, precisando descansar por alguns minutos enquanto comia. O prato não era nada chique, mas o sanduíche, as frutas e os legumes me saciaram e eram suficientes para me segurar até que eu pudesse pedir algo de volta no meu quarto se quisesse.

NEGOCIADO

— Pessoal, eu tenho um anúncio. — Olhei para Matthewson, que gritava no centro da sala. — Rockland e Parker oficialmente deram trégua.

Fechei os olhos, abanei a cabeça e bufei, irritado.

Esta merda de novo não.

Os caras na sala aplaudiram.

— Rockland vai comprar uma cerveja para Parker no bar para oficializar — Matthewson prosseguiu.

— Já é oficial — Drew resmungou.

Eu não tinha ideia de qual era o problema de Matthewson. Era como se ele estivesse a fim da gente. Puta merda, ele era gay? Claro, ele era o capitão do time, então provavelmente só queria manter a moral alta já que iríamos para os *playoffs*, mas ele me fez pensar. Ou talvez tenha sido Drew quem me fez pensar, porque parecia que eu não conseguia parar de pensar em pau.

No pau dele.

No pau dele na minha boca.

No pau dele, que eu tinha chupado até ele gozar.

Saí do cômodo, sem querer entreter a obsessão de Matthewson. Normalmente, eu tiraria minhas roupas no meu armário, pegaria uma toalha e iria para os chuveiros. Mas já não estava mais aguentando o Matthewson, e esperava que, depois que Drew me comprasse uma cerveja — que eu aceitaria de bom grado —, todo mundo calasse a boca sobre a briga.

Eu provavelmente fiquei aborrecido com isso, porque não queria nenhuma atenção em nós. Queria manter nosso relacionamento em segredo entre nós. Ter Matthewson chamando a atenção para nós me fez sentir constrangido, e precisei me afastar. Já tinha o suficiente na cabeça com o aniversário da morte de minha mãe chegando.

Entrando no chuveiro que muitos de nós podíamos usar ao mesmo tempo, liguei a água e fiquei de costas para ela, inclinando a cabeça para molhar o cabelo. Mesmo com os olhos fechados, eu podia dizer que alguém havia pisado no espaço ladrilhado. Quando inclinei a cabeça para frente, vi que era Drew.

— Você não deveria estar aqui — sussurrei.

— E por que não? — Ele ligou o chuveiro do meu lado e a bunda que fiquei olhando mais cedo naquele dia em jeans não estava coberta de nada. Ele se virou para me encarar.

Apontei com a cabeça em direção ao seu pau e sussurrei:

— Acha que vou conseguir esconder minha ereção?

— Eu só queria ver como você estava — garantiu, ignorando o problema.

— Por quê?

— Você raramente vai embora quando as pessoas implicam com você. Dei de ombros e esguichei xampu na mão.

— Só queria tomar um banho para podermos sair daqui e pegar aquela bebida que você vai pagar para mim.

Drew riu.

— Só isso?

Antes que eu pudesse responder, mais caras vieram para o chuveiro. Terminei e voltei para o meu armário para me vestir. Quando todos estavam prontos, pegamos o ônibus de volta para o hotel.

— Alguém precisa ir lá para cima? — Matthewson perguntou, quando saímos do ônibus.

Os caras que não iam para o bar deram adeus e o resto de nós negou com a cabeça.

— Tudo bem. Vamos lá.

O bar ficava a uma curta distância a pé, e descemos a rua.

— Você não é daqui? — Ellis perguntou, andando ao meu lado.

— Sim, cara — confirmei.

— Você sonhava em ser um Giant? — questionou.

— Claro que sim, já que o pai dele era um — Santiago interveio.

— Oh, merda — Ellis respondeu. — Eu não sabia que seu pai jogava.

— Como diabos você não sabia? — Matthewson perguntou.

— Não sei — Ellis repetiu. Ele sabia o suficiente para ter consciência que eu era de São Francisco, mas não que meu pai era um jogador incrível que um dia entraria pra o Hall da Fama.

— Ele era só um bebê quando Joel Parker jogou — Miller se juntou à conversa.

Olhei para Drew, desejando que tivéssemos ficado no hotel e seguido minha sugestão de relaxar e assistir Netflix. Ele abriu a porta do bar, e os caras entraram antes de mim. Uma vez fora do alcance deles, eu disse:

— Não imaginei que nosso primeiro encontro seria com outros quatro caras.

Drew sorriu, e adorei que finalmente estava conseguindo vê-lo assim.

NEGOCIADO

CAPÍTULO 18
DREW

— Então, as coisas estão bem entre você e Parker? — Ellis perguntou, enquanto esperávamos que o barman anotasse nosso pedido.

Miller, Ellis e eu tínhamos ido até o bar, e o resto do nosso grupo pegava algumas mesas. Meus dois colegas de time estavam comprando os primeiros jarros de cerveja e eu a bebida de Aron. Toda a cena no *dugout* e no clube foi estúpida, mas eu só segui o fluxo. Se isso tirar os caras das nossas costas, valeria a pena. Com as coisas eram entre Aron e eu, não precisávamos de nenhuma atenção extra.

Concordei com a cabeça.

— Sim. Nós dois deixamos a briga no passado.

— Isso é bom. Sinceramente, ninguém falaria sobre isso se vocês dois não tivessem sido negociados para o mesmo time. Mas você não pode culpá-los por estarem um pouco preocupados com a forma como isso poderia afetar o clube.

Esse era o problema. Os caras tinham uma preocupação válida. Química tinha um papel maior no sucesso de uma equipe do que a maioria das pessoas percebia, e eles não sabiam que Aron e eu tínhamos muita *química* entre nós.

— Você está certo, mas ninguém precisa se preocupar. Acho que vamos ter uma boa temporada.

Além disso, estávamos no mesmo time há algumas semanas e não tínhamos brigado nenhuma vez — pelo menos, não na frente de nossos colegas de time.

O barman se aproximou e anotou nossos pedidos, enquanto eu olhava de volta para o nosso grupo. Não tínhamos estado no bar por mais de dez minutos e já havia um par de mulheres em pé, tentando conversar com os garotos. Olhei para Aron, curioso se ele estava interessado em alguma delas.

Seus olhos encontraram os meus e ele me deu uma leve piscadinha antes de voltar para Santiago.

Quando percebi que ele não estava flertando com as mulheres, fiquei aliviado. Eu não tinha certeza do que estava acontecendo entre nós. Estávamos saindo? Será que ele ainda transaria com pessoas aleatórias enquanto estávamos nos relacionando? Claro, era muito cedo para eu lhe fazer qualquer uma dessas perguntas, mas sabia que não estava interessado em mais ninguém enquanto explorava as coisas com ele.

Pagamos por nossas bebidas e voltamos para as mesas. Coloquei a garrafa de Bud Light na frente de Aron e me sentei no banco vazio à sua esquerda. Enquanto todos pegavam um copo, limpei a garganta para chamar a atenção dos meus colegas de time.

— Muito bem, pessoal, Aron tem sua bebida. Acho que posso anunciar que nossa briga está oficialmente encerrada.

— Isso é verdade, Parker? — Matthewson perguntou. — Vocês resolveram tudo?

Aron olhou para mim e sorriu.

— Sim, nós estamos bem.

Os caras aplaudiram. Foi tudo um pouco ridículo, mas eu não podia negar que gostei de estar com eles. A camaradagem que tínhamos conseguido construir em pouco tempo era o que significava fazer parte de um time.

As conversas continuaram em torno da mesa. Santiago e Fowler estavam totalmente focados no que as duas loiras com quem estavam conversando tinham a dizer. O resto de nós conversava sobre o jogo que tínhamos acabado de perder e como precisávamos trabalhar duro se quiséssemos jogar a série contra os Giants.

Aron se inclinou enquanto os rapazes conversavam, sussurrando:

— Quanto tempo acha que precisamos esperar antes de sairmos daqui?

— Não faço ideia. Mas estou pronto para ir.

Felizmente, não tivemos que ficar por muito tempo. Santiago e Fowler saíram com as meninas que se aproximaram de nossa mesa, e os outros caras deram a noite por encerrada depois de mais dois jarros de cerveja. Caminhamos até o hotel como um grupo e depois nos separamos quando o elevador subiu.

Aron e eu saímos no andar dele, e o segui até sua suíte. No momento em que entramos, não consegui me conter. Esmaguei meus lábios contra os dele, gemendo quando me beijou de volta sem hesitar.

NEGOCIADO

— Pensei que íamos assistir a um filme. — Aron riu, e andamos para trás, arrancando sua camiseta e me levando para o seu quarto.

Chutei os sapatos e puxei a camiseta sobre a cabeça.

— Foda-se o filme.

Quando estávamos no quarto, empurrei-o contra a parede, continuando a beijá-lo com força, nossas línguas se entrelaçando. Com uma das mãos espalmada na parede acima da cabeça dele, estendi a outra para baixo para desabotoar meu jeans. Meu pau estava tão duro que doía para ser libertado. Puxei o zíper para baixo e empurrei as calças, passando pelos quadris o suficiente para libertar o meu pau.

Eu me acariciei um par de vezes, trilhando beijos pela lateral do pescoço de Aron, que trabalhava em suas próprias calças. Olhando entre nós, o observei se puxar para fora da cueca boxer e enrolar uma das mãos em volta de seu eixo. Gentilmente dei um tapa na mão dele.

— Deixe-me fazer isso.

— Vá em frente — afirmou, me dando acesso completo ao que eu queria.

Encontrei seus olhos, levantando minha mão e lambendo minha palma.

— Porra — Aron gemeu.

Colocando a mão entre nós, peguei os dois pênis na mão. Nós dois éramos grossos, o que dificultava na hora envolver minha grande mão ao nosso redor. Mas entre meu aperto firme e nossas ereções se esfregando uma na outra, a fricção era perfeita.

Aron gemeu.

— Maldição, isso é bom.

Usando suas mãos livres, ele acariciou meu peito antes de chegar atrás da minha cabeça e me puxar para dar outro beijo escaldante. Movi meu punho para cima em direção às cabeças, onde passei o polegar através do pré-gozo. A lubrificação adicional fez com que minha mão fosse mais rápida. Meus dedos dos pés se enrolaram e a ponta do pau de Aron atingiu aquele ponto sensível logo abaixo da cabeça.

Respirando com força, me afastei do beijo e afundei a cabeça no canto do pescoço dele.

— Vou gozar.

Ele empurrou seus quadris, fodendo minha mão.

— Eu também. Continua.

Meu corpo inteiro se tencionou e gozei com força, sobre minha mão e o pau de Aron. Só levou mais algumas estocadas antes que ele também viesse.

Estávamos ambos respirando forte e usando a parede para nos ajudar a nos manter em pé.

— Foda-se, isso foi incrível — soltou, e me deu um selinho.

Tirei minha boxer e minha calça, deixando ao lado da cama, e o segui até o banheiro, onde nos limpamos. Enquanto secávamos as mãos, ele perguntou:

— Que tal assistir aquele filme?

Ambos sabíamos que toda essa coisa de assistir Netflix e relaxar tinha sido uma desculpa para voltarmos para um de nossos quartos e nos divertir. Mas eu não estava pronto para ir embora, então subi na cama dele, sem me preocupar em me vestir.

— Aqui — ele disse, jogando o controle remoto que estava sobre a mesa de cabeceira para mim. — Escolha algo e vou pegar algo para bebermos.

Não pude deixar de olhar para sua bunda firme enquanto ele caminhava para o outro cômodo. Ainda estava surpreso de estar atraído por outro homem, mas, quando estávamos juntos, era tudo muito emocionante e bom demais para questionar o que estava acontecendo.

Passando pelos canais, eu estava debatendo entre a mais nova adaptação de quadrinhos e um filme de ação recente, quando ouvi um barulho de notificação. Inclinando-me, peguei as calças e de lá retirei meu celular. Suspirei quando vi o nome de Jasmine na tela.

> Jasmine: Oi. Sei que provavelmente sou a última pessoa de quem você quer ouvir agora, mas precisamos conversar. Pode me ligar?

Coloquei o celular na mesa de cabeceira ao meu lado. Nós dois não tínhamos conversado mais desde que saí do meu apartamento, e eu não sabia o que diria a ela.

— Está tudo bem? — Aron perguntou, voltando para a cama e me entregando uma garrafa de água, depois escorregou por baixo das cobertas.

— Sim, eu estou bem — respondi, dando *play* no filme.

Sabia que tinha esquecido Jasmine, mas ainda estava com raiva de como as coisas tinham acabado. Discutir isso só me deixaria de mau humor, e eu não queria arruinar meu tempo com Aron falando sobre minha ex, especialmente quando poderia estar fazendo outras coisas com ele.

NEGOCIADO

Tínhamos conseguido ganhar três dos quatro jogos em São Francisco e estávamos empatados com os Giants para o primeiro lugar na Liga Nacional Oeste. Com mais da metade da temporada atrás de nós, cada jogo era vital se quiséssemos chegar à pós-temporada.

Nos dias em que comecei como titular, eu não fazia exercícios na academia antes, por isso só vi Aron brevemente durante o treino de rebatidas. Tínhamos passado tempo um com o outro todas as noites em São Francisco, mas chegamos tarde em Los Angeles para a próxima série, e achei melhor descansar um pouco antes de jogar contra os Dodgers.

Barrett e eu discutimos nossa abordagem para o jogo e depois fomos para o campo para aquecer cerca de trinta minutos antes do início. Após o anúncio dos alinhamentos e o Hino Nacional ter sido cantado, o confronto começou.

Durante a primeira entrada, Aron acertou um duplo *leadoff* e marcou um *run* quando Miller acertou um *single to center*. Quando minha vez chegou, já tínhamos uma vantagem de três corridas. Depois dos dois primeiros rebatedores, Barrett e eu tínhamos um ótimo ritmo. Estávamos na mesma página em cada lance, e nossa defesa tinha feito uma grande jogada no campo interno.

Quando a sétima entrada começou, eu já tinha eliminado nove rebatedores e não tinha deixado ninguém entrar na base. Estava totalmente silencioso no banco de reservas enquanto nosso time batia. Cada um dos meus companheiros de time me deu espaço, ninguém querendo dizer ou fazer nada que pudesse atrapalhar minhas jogadas.

Matthewson apareceu para terminar a sétima entrada, e respirei fundo para me acalmar um pouco antes de voltar ao campo. Antes de chegar ao monte, Aron me deu um rápido aceno de encorajamento e passou correndo por mim a caminho do campo da direita.

Lancei algumas vezes em aquecimento e depois esperei pelo sinal de Barrett quando o batedor entrou na caixa. Ele pediu por uma bola rápida para baixo e para fora. Me preparei e joguei a bola exatamente onde meu receptor queria. Infelizmente, o rebatedor pegou um pedaço dela, e a bola veio de volta na minha direção. Incapaz de levantar minha luva a tempo, a bola me pregou no cotovelo esquerdo, ricocheteando do meu braço em direção à primeira base. Imediatamente caí no chão com dores, Fowler e Santiago terminando a jogada para sair. O árbitro pediu tempo, e Schmitt e nosso treinador-chefe, Dave Campbell, saíram correndo do banco de reservas para onde eu estava.

— Deixe-me ver onde isso te acertou — Campbell me instruiu, se ajoelhando ao meu lado.

Apontei para a mancha vermelha que se formava.

— Acertou aqui.

Campbell tocou e apertou ao redor da área ferida e rangi os dentes para abafar a dor. O que quer que ele estivesse fazendo, doía pra caralho.

— Consegue apertar meus dedos?

— Porra — gemi, a dor subindo pelo braço, enquanto eu agarrava e apertava seus dedos.

Meus companheiros de time haviam se reunido no campo para ver melhor o que estava acontecendo. Aron estava ao lado de Matthewson, preocupação marcando suas feições.

— Você está bem? — mexeu os lábios, e acenei com a cabeça. Menos de um mês antes, ele havia tentado esmagar meu rosto, e agora estava preocupado comigo.

— Precisamos ter certeza de que nada se quebrou — Campbell disse a Schmitt.

— Eu estou bem. Posso continuar arremessando — afirmei, ficando de pé. Não queria sair quando estava fazendo uma partida perfeita, especialmente porque a lesão era no meu braço que não jogava. — Me deixe arremessar algumas vezes, e vou ficar bem.

— Não seja ridículo. Você precisa de um Raio-X e nós precisamos começar a tratar seu braço imediatamente. — Schmitt sinalizou para que um de nossos arremessadores reserva começasse a se aquecer.

— Você não pode me tirar do jogo agora. Eu ainda posso lançar.

Schmitt negou com a cabeça.

— Sei que isto não podia ter acontecido em hora pior, mas você precisa pensar a longo prazo. Você é uma parte importante de nossa rotação. Te manter saudável para a pós-temporada é mais importante do que um jogo perfeito.

Ele estava certo. Eu precisava ser examinado, mas, mesmo assim, era uma droga. Nunca tinha jogado tão bem como nas sétimas últimas entradas e estava irritado por ser retirado. Eu me curvei e peguei a luva, depois segui Campbell para fora do campo.

— Vamos fazer o Raio-X — disse, enquanto caminhávamos pelo *dugout*.

Felizmente, o exame voltou negativo. Nada foi quebrado, apenas uma contusão que precisava de tempo para se curar por si só. Tomei um banho rápido, e então Campbell me deu instruções sobre como melhor administrar a dor.

O jogo havia terminado e meus companheiros de time estavam entrando no clube, então peguei a bolsa e fui para o ônibus. Teria que esperar um pouco antes de voltarmos para o hotel, mas prefiro sentar sozinho do que ficar com eles agora.

Aos poucos, todos começaram a entrar e, logo antes das portas se fecharem, Aron veio e se sentou na fileira diretamente ao lado da minha. Eu podia senti-lo olhando para mim do outro lado do corredor, mas me recusei a encará-lo. Estava irritado com o fim do meu tempo em campo e sem disposição para falar com ninguém — nem mesmo com ele.

Quando saímos do ônibus, me apressei para chegar nos elevadores e soltei um suspiro quando ele me alcançou e me seguiu para dentro.

— Segurem a porta — Santiago gritou, virando a esquina para onde estavam localizados os elevadores.

Aron e eu fomos para trás e alguns de nossos colegas de time se amontoaram no elevador. Estávamos tão próximos um do outro que meu ombro escovava o dele a cada respiração que eu dava. A tensão entre nós era espessa, mas ninguém notou, continuando a conversar um com o outro durante a subida do elevador.

Ellis se virou para mim.

— Como está o braço?

— Está bem. Apenas um pequeno inchaço e hematoma.

Aron olhou para mim, uma sobrancelha levantada como se não acreditasse. Eu o ignorei, não querendo que ninguém soubesse o quanto meu braço doía a cada movimento do meu cotovelo.

— Ainda assim foi um ótimo jogo — Fowler acrescentou.

Acenei com a cabeça. Ele não estava errado, mas eu estava com raiva e sem vontade de falar.

Paramos no sexto andar, onde Fowler e Miller desceram. Com um pouco mais de espaço dentro do elevador, eu me afastei de Aron.

— Saia conosco para uma cerveja. Tire sua mente do que aconteceu — Matthewson disse, e as portas se fecharam.

— Obrigado pela oferta, mas acho que esta noite vou com calma.

— Parker, você vem, certo? — O elevador parou novamente, e Santiago e Matthewson se prepararam para sair.

— Não, preciso ligar para o meu agente. Algo está acontecendo com a minha casa nova.

Aron tinha uma casa nova? Era a primeira vez que ele mencionava sua situação de vida. Achei que ainda estava no apartamento que compartilhamos ao chegarmos a Denver.

— Mande uma mensagem se mudar de ideia. A gente fala para onde foi — Santiago disse, antes do fechamento das portas.

— Você tem uma casa nova? — perguntei, o elevador subindo.

— Sim, meu agente está resolvendo tudo enquanto estamos na estrada.

— Então, qual é o problema com ela?

Ele olhou para mim e começou a abanar a cabeça.

— Não tem nada de errado. Só não estava com vontade de sair.

Antes que eu pudesse responder, as portas se abriram no meu andar.

— Não vou ser muito boa companhia esta noite — declarei, saindo.

— Não importa. Só quero ter certeza de que você está bem.

Aron me seguiu, e andamos lado a lado pelo corredor. Quando a porta se fechou atrás de nós, joguei a bolsa no sofá e caminhei em direção à cama. Aron me seguiu e ficou à vontade, apoiando-se na cabeceira enquanto esticava as pernas.

— Eu não estava brincando. Realmente não estou com disposição para nada — avisei, pegando um par de calças de pijama da cômoda.

— Não é por isso que estou aqui com você. Podemos só conversar.

NEGOCIADO

CAPÍTULO 19
ARON

Conversar?

Aron Parker não conversava.

Especialmente não sóbrio.

Mas lá estava eu, sentado no quarto de hotel do Drew, enquanto ele vestia seu pijama e urinava, esperando que voltasse para podermos conversar.

O celular dele se acendeu na cômoda ao lado da TV, vibrando.

— Seu celular está tocando.

Eu o ouvi gemer de frustração antes que a porta se abrisse. Ele se aproximou do celular, o verificou e depois o jogou de volta para baixo, com um suspiro.

— Está tudo bem?

— É a minha ex — respondeu.

Minha barriga fez uma coisa estranha na menção de sua ex.

— Aquela com quem você terminou enquanto estávamos em Nova York?

— Sabe, também não quero conversar. — Ele cruzou os braços sobre o peito largo, suspirando, sem me responder.

— Seu braço ainda dói?

— Claro que meu braço ainda dói, Aron. — Fechou os olhos e balançou levemente a cabeça. Drew temperamental estava de volta.

— Como você acha que me senti quando você me acertou nas costelas com uma bola rápida de noventa quilômetros por hora?

— Noventa e dois — retrucou, com um leve sorriso.

Abri um sorriso também.

— Então, uma bola rápida de noventa e dois quilômetros por hora.

Drew revirou os olhos.

— Você mereceu.

— Oh, sério? — Eu sabia que estava zombando dele, mas também estava tentando tirar sua mente do braço, porque, se ele não estava pensando nele, não se concentraria na dor.

— Onde você quer chegar?

Dei de ombros.

— Não sei. Talvez devêssemos falar sobre a briga, desde que dissemos a todos que demos uma trégua.

— O que tem para falar? Você agiu como um asno, eu te bati, e nós seguimos em frente.

— Não sei. — Bufei, ajustando as almofadas por trás de mim. — Acha que teria me beijado se não tivéssemos uma história?

Ele abriu a boca para responder e depois parou. Pausou por um momento e então finalmente respondeu:

— Não.

— Acho que eu também não teria deixado — admiti. Ao meu ver, se não tivéssemos trocado socos, não teríamos tido nenhum tipo de tensão entre nós quando éramos colegas de quarto. Teríamos vivido juntos em paz.

O celular tocou novamente, e ele olhou para a tela, não se movendo para pegá-lo.

— Você precisa atender?

— Eu não quero falar com ela.

— É a sua ex de novo?

— Sim. — Ele soltou um suspiro e foi para o sofá.

— Tem que ser importante se ela te ligou duas vezes seguidas né?

— Duvido — Ele abriu a bolsa e puxou um frasco de comprimidos que assumi que os treinadores tinham lhe dado para o braço. Tive um vislumbre do frasco, percebendo que era apenas ibuprofeno. — Não conversamos desde que nos separamos. Talvez ela pense que precisamos de uma conversa para finalizar tudo, mas para mim chega. Não há mais nada para falar.

— E é por isso que eu nunca tive um relacionamento com ninguém antes.

— Pensei que fosse por causa de sua mãe? — perguntou, pegando uma garrafa de água do mini frigobar. Ele me jogou uma também.

— Isso também — sussurrei, meu sorriso sumindo ao olhar para o meu colo.

NEGOCIADO

Ele tirou alguns comprimidos da cartela.

— Achei que ela seria a escolhida.

Meu olhar se atreveu a olhar para o dele.

— Sua ex?

Drew acenou com a cabeça lentamente, seus lábios em uma linha fina.

— Eu provavelmente faria um pedido de casamento depois da temporada.

Meus olhos se alargaram para a confissão dele.

— Uau.

— Pois é. — Ele voltou a se encostar na cômoda do outro lado de mim, sem dizer mais nada.

— Por que vocês dois se separaram? — Ele nunca me havia dito, e eu não tinha me importado até agora. Ela estava ligando porque o queria de volta? Será que ele voltaria com ela e esqueceria o que estávamos fazendo? Ele queria se casar com ela, então tinha que tê-la amado. Talvez ainda a amasse.

Ele olhou para o chão.

— Ela me traiu.

— Oh, maldição.

— Encontrei ela em cima de algum modelo, fodendo na minha cama. Ela me disse que eles estavam transando pelas minhas costas há meses.

Minha boca ficou aberta.

— Puta que pariu.

— Agora você sabe porque eu estava todo fodido naquela noite.

Ficamos em silêncio por alguns momentos antes de eu dizer:

— Estou feliz.

O olhar dele encontrou o meu novamente.

— Você está feliz?

Antes que eu pudesse responder, ouvimos uma batida na porta. Nossos olhos se alargaram, mesmo permanecendo conectados.

— Sua ex? — sussurrei.

— Não pode ser — repreendeu.

Bateram novamente na porta.

— Vá esperar no banheiro, mas mantenha a luz apagada.

Levantei a sobrancelha.

— Manter a luz apagada?

— Você quer que quem quer que seja saiba que você está no meu quarto?

— Não é como se a gente estivesse sem roupa, Drew. — Saí da cama.

— Eu sei, mas, se for um dos caras, eles vão se perguntar por que você está aqui em vez de sair com eles. Apenas vá, está bem?

Ele estava certo. Como explicaríamos se eu estivesse no quarto do Drew? Sim, tínhamos dito a todos que demos uma trégua, mas não era como se estivéssemos brincando no clube nem nada. Ainda assim, doía ficar escondido como um segredinho sujo.

Entrando no banheiro escuro, fechei a porta, deixando apenas uma fresta. Ouvi a porta principal se abrir.

— Ei, Campbell. O que está aconteceu?

O treinador principal de atletismo respondeu:

— Só vim ver o seu braço.

Segurei a respiração, esperando para ver se Drew o convidaria a entrar.

— Está dolorido, e só tomei mais alguns ibuprofenos.

Houve uma breve pausa, e imaginei Campbell olhando seu braço.

— O inchaço parece o mesmo.

— Sim — Drew concordou.

— Você também esqueceu isso.

Isso? Eu não tinha ideia do que Campbell estava se referindo.

— Oh, merda. Obrigado.

— Lembre-se de fazer vinte minutos a cada hora.

— Entendi.

— E certifique-se de me ver amanhã de manhã para a fisioterapia.

— Estarei lá.

A porta se fechou e eu saí do banheiro, vendo um pacote de gelo reutilizável nas mãos de Drew.

— Preciso pegar um pouco de gelo no corredor. Quer pedir serviço de quarto? — perguntou.

— Tem certeza de que não quer que seu segredinho sujo saia? — eu disse.

— Não seja assim.

— Não ser assim como? — desafiei.

— O que você teria feito se estivéssemos em seu quarto e tivessem batido na sua porta?

Encostei-me à parede, cruzando os braços sobre o peito.

— Eu não teria feito você se esconder no banheiro, já que não estávamos fazendo nada.

— Não acha que iriam estranhar estarmos a sós no meu quarto de hotel?

— Não somos amigos? — insisti.

— Claro que somos.

— Então eu poderia ter ficado sentado na cama. — Acenei com o braço para onde eu estava sentado.

— Não era como se eu soubesse que alguém estava vindo para o meu quarto, Aron.

Eu não sabia por que estávamos brigando. Provavelmente o teria obrigado a se esconder também, mas não queria dizer isso a ele.

— Tudo bem.

Drew deu um passo à frente, olhando para meus lábios.

— Você quer pedir serviço de quarto ou não?

— Eu poderia comer.

— Pegue o menu, e eu volto — ele me beijou —, "amigo".

Demos uma surra nos Dodgers e depois seguimos para San Diego antes de viajarmos de volta para Denver. Apesar de termos perdido nosso primeiro jogo contra os Giants, tivemos uma boa viagem.

Em Denver, fizemos uma parada de nove jogos em casa antes de irmos para Detroit. Eu estava perdendo o primeiro jogo contra os Tigers, porque voaria para São Francisco para o memorial de minha mãe. Ninguém sabia que eu não estaria no voo com o time — exceto Schmitt —, porque não queria explicar o motivo de perder um jogo. Eu tinha dias de folga marcados, mas, naquelas circunstâncias, ainda estava no banco no caso de ser necessário substituir alguém ou entrar depois no jogo. Desta vez, eu não estaria com o time até a segunda partida.

Também não contei ao Drew.

Mesmo sabendo sobre minha mãe, não queria confundir o que Drew e eu estávamos fazendo. Tínhamos concordado que éramos *amigos*, mas ele e eu sabíamos que nos esconderíamos no banheiro se alguém viesse bater de novo. Mesmo que eu lhe contasse sobre o memorial, não era como se pudesse vir para me apoiar. As pessoas começariam a especular, e nós não estávamos prontos.

Eu não tinha certeza se algum dia estaríamos.

Também não era como se fôssemos foder.

Nenhum de nós havia mencionado ir mais longe ou mesmo tentado passar das mãos e das bocas. Era quase como se estivéssemos no colegial, andando às escondidas, e eu não queria que o que tínhamos parasse tão cedo. Não havia como dizer o que aconteceria quando a temporada terminasse. Sua casa era em Nova York. A minha era em St. Louis. Aqueles dois lugares não eram próximos um do outro. Além disso, toda essa coisa de ficar sem contrato após a temporada significava que eu não tinha ideia de onde pararia.

Meu voo para São Francisco estava programado para decolar antes da partida do time para Michigan. Eu só chegaria à área da baía duas horas antes da partida do barco. Meu pai havia me dito que o planejador organizou um jantar de cruzeiro seguido do memorial.

Enquanto eu esperava no aeroporto, meu celular zumbia com uma mensagem.

> Drew: Onde você está? O ônibus está prestes a partir.

Meus dedos coçaram para respondê-lo. Para dizer a ele onde eu estava indo e para quê, mas, ao invés disso, ignorei sua mensagem, não querendo responder as perguntas que com certeza viriam. Enviei apenas uma mensagem para meu pai.

> Eu: O avião chegou na hora e embarco dentro de cinco minutos.

> Pai: Bom, nos vemos em breve.

Fazia vinte anos que minha mãe morreu e, quando acordei sozinho em meu quarto de hotel, não queria sair da cama para enfrentar o dia que eu temia. Todos os anos, passamos o dia juntos para compartilhar memórias sobre ela, e todos os anos eu testemunhava como ele ainda estava com o coração partido. Esse desespero era a razão pela qual eu não me apegava a ninguém. Quando vi Drew ser acertado por uma bola e cair no chão, temi o pior. Do campo direito, não podia ver onde ele tinha sido atingido, mas ainda estava preocupado com ele. Foi por isso que meu pai nunca mais se casou? Seu coração estava destroçado ao ponto de não poder arriscar amar alguém novamente?

NEGOCIADO

Será que o amor valia a pena?

O agente chamou a primeira classe para embarcar, e fiquei de pé e entrei no avião. Coloquei a bolsa no compartimento superior e tirei o celular do bolso para colocá-lo no modo avião para a decolagem. Quando olhei para a tela, vi que tinha outra mensagem do Drew.

> **Drew: Você está vivo, pelo menos?**

Decidi responder.

> **Eu: Sim.**

Desliguei o celular para o voo.

O segredo dos meus encontros noturnos com Drew estava começando a me comer por dentro, porque eu não tinha ninguém com quem falar sobre isso, o que era estranho. Nunca quis falar com ninguém sobre alguém com quem estivesse me divertindo antes. Mas Drew era diferente. Não só porque era a primeira e única pessoa com quem eu tinha ficado mais de uma vez, mas sentia como se ele fosse alguém com quem eu pudesse namorar, e isso me assustava.

Será que eu estava pronto para me comprometer com alguém?

Eu estava pronto para me comprometer com Drew Rockland?

Sabia que ele era o tipo de cara que gostava de relacionamentos, mas será que eu estava pronto para estar em um relacionamento com ele? Não era como se pudéssemos sair em encontros em público ou contar aos nossos colegas de time ou qualquer coisa. Talvez Drew não quisesse estar em um relacionamento comigo por causa do que não podíamos fazer.

Uma noite, quando não consegui dormir depois de termos ido para nossos respectivos quartos de hotel, procurei seu nome on-line, e fotos dele e de sua ex-namorada apareceram. Ela era uma modelo e linda. Havia fotos deles de mãos dadas, se beijando, do braço dela nos braços dele. Eu nunca poderia ficar entre os seus braços. Nunca poderia beijá-lo em público ou segurar a porra da sua mão. Se minha mãe fosse viva, ela saberia o que eu precisava fazer.

Mas ela não estava, e meu coração ainda não se curou da dor de perdê-la.

O motorista me deixou no píer de onde o barco deveria partir. O sol tinha começado a se pôr, e eu tinha a sensação de que era o último a chegar. Não era como se eu pudesse deixar o jogo mais cedo, mas pelo menos tínhamos jogado um diurno para que eu pudesse chegar a tempo antes que o barco partisse para o jantar no cruzeiro e para a iluminação das lanternas.

Enquanto caminhava pelo cais, vi o barco cheio de gente à distância. Não tinha barulho de risos altos ou festa, embora fosse para ser uma ocasião feliz para lembrar da minha mãe.

Uma foto dela estava em uma bancada, que reparei ao caminhar até o barco. Um bolo se formou na minha garganta. Era uma foto tirada no ano em que ela morreu, e uma que eu sabia ser a última.

Deus, eu sentia falta dela.

Sentia falta de sua risada, do seu sorriso, do seu toque. Sentia saudades dos rolinhos de canela de sábado de manhã. Sentia saudades de como ela cantava e dançava ao limpar a casa. Sentia saudades de nossas noites de ir ao cinema e comprar pipoca, doces e um refrigerante grande. Sentia saudades dos seus beijos de boa-noite.

Eu só sentia falta dela.

Era por isso que não disse ao Drew para onde iria depois do jogo. Ele não teria entendido. Ninguém entenderia, a menos que tivesse experimentado a perda de sua mãe. Ele sabia que ela tinha morrido quando eu tinha oito anos e mostrado simpatia, mas não era a mesma coisa.

Ou talvez ele soubesse. Ele nunca havia falado de seu pai antes. Será que poderia ter falecido?

Hesitei antes de subir a rampa para o barco. Ninguém tinha me visto ainda, e comecei a pensar que talvez fosse errado da minha parte não contar ao Drew. Coloquei a mão no bolso para puxar meu celular para ligar para ele, mas, antes de poder, ouvi meu nome.

Olhei para cima e vi a mãe do meu pai acenando para mim.

— Olá, vovó.

— Estava preocupada que você não fosse chegar.

Subi a rampa.

— Eu não teria perdido por nada.

Meu pai subiu, me engolindo num abraço.

— Filho. Bom jogo hoje.

— Sim. Estamos lutando pela liderança.

Ele abriu um sorriso enquanto nos afastamos.

NEGOCIADO

— Sabe que sempre torcerei por você, mas os Giants serão sempre meu time.

— Eu sei. — Sorri. — Os *playoffs* serão divertidos se ambos conseguirmos.

Não se falou mais de beisebol enquanto o barco se afastava da doca. Cada conversa se voltava para a razão de estarmos todos juntos. Jantamos e caminhamos ao redor de cada pessoa, compartilhando memórias de minha mãe. Meu coração doeu e lágrimas escorregaram pelas minhas bochechas com cada história. Ela era a melhor de todas, e a noite mostrou o quanto era amada e querida.

Quando chegamos à iluminação e ao lançamento das lanternas, cada um de nós escreveu uma nota no saco de papel de arroz antes de soltar no céu escuro. Vê-las flutuando era tão bonito quanto Reese Parker.

CAPÍTULO 20
DREW

Olhei em direção à frente do ônibus para ver se Aron tinha entrado. Tínhamos passado um pelo outro nos chuveiros depois do nosso jogo, mas não o via desde então. Nós dois não nos evitamos mais no vestiário, e paramos de surtar se alguém nos visse conversando. Até onde o time sabia, estávamos bem um com o outro, e eu interagia com ele da mesma forma que interagia com Barrett, Matthewson, ou qualquer um dos outros caras. Mesmo assim, nós dois tínhamos nossas próprias rotinas, e não o procurei intencionalmente na sede do clube.

Dez minutos depois, Schmitt e alguns dos outros treinadores embarcaram no ônibus e ocuparam seus lugares na frente. Eles geralmente eram os últimos, mas a fila diretamente em frente à minha, onde Aron se sentava, ainda estava vazia.

Peguei o celular e mandei uma mensagem de texto.

> Eu: Onde você está? O ônibus está prestes a partir.

Alguns minutos depois, as portas do ônibus se fecharam e nós nos afastamos do estádio. Um nó se formou em meu estômago. Por que estávamos saindo sem um de nossos jogadores? Todos os tipos de cenários passaram pela minha cabeça. Teria acontecido alguma coisa durante o jogo que eu não tivesse notado? Não podia imaginar que isso fosse possível, pois não consegui manter os olhos longe dele durante a maior parte do jogo.

Meu surto interior estava dificultando na hora de pensar. Nós dois passamos a noite no meu apartamento e tudo tinha parecido normal. Reproduzi nossa conversa em minha mente e não consegui me lembrar de ele dizer nada sobre não viajar com o time após o jogo.

Decidi enviar-lhe mais uma vez uma mensagem de texto.

> Eu: Você está vivo pelo menos?

Para minha surpresa, uma notificação soou apenas alguns segundos depois.

> Aron: Sim.

Não houve nenhum esclarecimento sobre onde estava ou o que estava acontecendo. Ele não me devia nenhum tipo de explicação, mas tinha que saber que eu estaria preocupado, porque tínhamos passado as últimas semanas juntos. Embora não tivéssemos conversado sobre estar em qualquer tipo de relacionamento, ele tinha que saber que eu me importava com ele, certo?

— Onde diabos o Parker está? — Santiago perguntou, o ônibus se afastando do estádio.

— Eu não sei — respondeu Matthewson. — Rockland, sabe o que está acontecendo?

Neguei com a cabeça.

— Não faço ideia.

— Parker vai pegar outro voo — respondeu Schmitt.

Que porra é essa? Por quê?

— Está tudo bem? — perguntei, não conseguindo me deter.

— Está tudo bem — respondeu Schmitt.

Isso foi tudo o que ele disse.

Na manhã seguinte, peguei meu celular e fiquei desapontado ao ver que não tinha perdido nenhuma ligação ou mensagem de texto de Aron. Não deveria ter sido uma surpresa, porque eu tinha verificado meu celular várias vezes durante a noite, enquanto me revirava na cama, incapaz de dormir. Quanto mais tempo passava sem ter notícias, mais minha raiva se intensificava. Podemos não ter definido nosso relacionamento, mas pensei que éramos próximos a ponto de compartilharmos informações importantes um com o outro.

Em vez de descer as escadas para me juntar ao time, optei por tomar o café da manhã no meu quarto. Depois de pedir o serviço de quarto, meu celular tocou. Estiquei-me sobre a cama para pegá-lo da outra mesa de cabeceira.

Mas não era Aron.

Era Jasmine.

Meus ombros caíram enquanto eu apertava o botão de recusar. Ela havia ligado e mandado várias mensagens de texto nas últimas duas semanas. Por escrito, afirmava que precisávamos conversar, mas nunca elaborava. Eu tinha recebido a confirmação do meu agente de que o apartamento em Nova York havia sido colocado no mercado, e não tinha certeza se essa era a razão pela qual ela havia enchido meu celular de ligações, mas o momento parecia coincidir. Ela adorava o local e sempre adorou mostrá-lo aos amigos. Talvez ela quisesse comprar de mim. Se fosse o caso, ela poderia falar com meu corretor de imóveis.

Atirei o celular para a cama e comecei a me vestir. Assim que deslizei minha camiseta sobre a cabeça, o serviço de quarto bateu na porta. Os olhos do jovem se alargaram como se não estivesse esperando que fosse eu a atender.

Ele limpou a garganta.

— Bom dia, senhor Rockland. Trouxe o seu café da manhã.

— Obrigado. Pode colocar na mesa ali. — Apontei para a pequena mesa no canto do quarto.

Depois que ele pousou a bandeja, dei uma gorjeta.

— Obrigado, senhor. Boa sorte hoje à noite.

Aquela pequena interação fez com um leve sorriso se formasse no meu rosto pela primeira vez desde que cheguei em Detroit. Enquanto comia meu mingau de aveia e frutas, considerei enviar outra mensagem pro Aron, já que não tinha ouvido falar dele.

Depois de digitar e apagar três mensagens diferentes, me conformei com um simples texto.

> Eu: Você vai estar no jogo?

Ele não respondeu.

Quando cheguei ao estádio, estava furioso por ainda não ter tido notícias. Como fomos de passar a maior parte do nosso tempo livre juntos para o silêncio total?

NEGOCIADO

Depois de jogar minhas coisas no armário, fui para a sala de pesos para queimar um pouco da minha frustração. Uns dois quilômetros na esteira e levantar pesos escutando rock pesado me ajudariam a me acalmar um pouco. Andando de volta para o vestiário, me senti um pouco melhor.

Schmitt chegou antes do início da prática com taco e ficou no meio da sala.

— Lovell, você vai jogar no campo direito hoje à noite. Parker precisa tirar um dia de folga pessoal, mas amanhã estará de volta ao alinhamento. — Ele se virou para encarar o time. — Com uma vitória hoje à noite, estaremos novamente empatados com os Giants em primeiro.

O anúncio de Schmitt tinha respondido à minha pergunta sobre se Aron estaria no jogo, mas por que diabos ele não estava me respondendo? Fiz algo errado? Será que ele queria parar de sair comigo? Tantas perguntas passaram pela minha cabeça. Eu queria — *precisava* — que ele me respondesse.

Mesmo que fosse para pôr um fim ao que quer que estivéssemos fazendo.

No dia seguinte, quando pisei no ônibus, imediatamente vi Aron sentado em sua fila habitual. Será que ele voltou ontem à noite? Se esse fosse o caso, por que não tinha vindo ao meu quarto ou pelo menos me ligado?

— Cara, você está de volta! — Matthewson gritou, se sentando atrás de mim.

— Sim, eu tinha algumas coisas que eu precisava cuidar. — Os olhos dele ficaram em mim enquanto me sentava no meu lugar.

Havia tantas coisas que eu queria perguntar a ele, mas isso não aconteceria no ônibus do time com uma plateia. Em vez disso, coloquei os fones de ouvido e olhei pela janela durante todo o percurso até o estádio.

Quando chegamos, joguei minhas coisas no armário e fui para a sala de pesos. Estava rapidamente se tornando meu lugar favorito, pois não sabia mais como lidar com as emoções conflitantes que corriam através de mim.

Estava sentado na beira do banco, limpando o suor do meu rosto e do peito, quando Aron entrou. O homem andava com uma confiança que antes me irritava, mas agora achava incrivelmente sexy — mesmo quando eu estava bravo com ele. Observava seu traseiro ao se mover pela sala, os músculos flexionando a cada passo.

Fiquei de pé para sair enquanto ele parava ao meu lado. Alguns dos outros caras estavam na sala conosco, mas todos de fone de ouvido e concentrados em seus próprios treinos. Encontrei seus olhos.

— Podemos...

Levantei a mão para detê-lo antes que ele pudesse dizer qualquer outra coisa.

— Você não me deve nenhuma explicação.

— Você está bravo comigo?

— Não — garanti, começando a ir embora.

— Sim, beleza, mas ainda gostaria de falar com você mais tarde se estiver disposto.

— O que você quiser fazer, *Parker*. — Continuei andando.

Nosso jogo tinha sido um desastre. Até mesmo os times que jogavam bem tinham dias de ruins, que foi precisamente o que nos aconteceu em campo. Tínhamos cometido erros estúpidos, permitindo que os Tigers conseguissem uma vantagem antecipada, e não tivemos uma boa entrada a noite inteira.

O clube estava silencioso. Ninguém estava com vontade de conversar entre nós ou de falar sobre ir à cidade. Ao invés disso, todos queriam voltar ao hotel para lamber suas feridas em particular.

Saímos do ônibus e silenciosamente seguimos para os elevadores. Aron ficou ao meu lado enquanto esperávamos no saguão, e eu me perguntava se ele ainda queria conversar. Não tínhamos dito uma única palavra um ao outro desde nossa breve e tensa interação na sala de pesos.

Alguns de nós entramos no elevador quando ele chegou, e a viagem para cima pareceu demorar uma eternidade, parando em vários andares ao longo do caminho. Matthewson foi o último a sair, deixando Aron e eu sozinhos. Mais uma vez, eu podia senti-lo me encarando, mas me recusei a olhar para ele. Depois de experimentar várias emoções enquanto ele estava fora, percebi que estava mais ferido por suas ações do que zangado com ele.

As portas se abriram em meu andar e nós dois saímos. Ele me seguiu até o quarto, nenhum de nós dizendo nada até eu abrir minha porta.

— Posso entrar? — Pareceu inseguro, o que era o oposto completo do homem que se tinha colocado à vontade na minha cama sem perguntar.

Acenei e entrei no quarto, segurando a porta aberta para ele. Já sentia um pouco da amargura que eu estava segurando derreter lentamente ao som triste de sua voz. Deus, eu não tinha autocontrole quando se tratava dele.

Ele colocou sua bolsa junto à porta e começou a andar lentamente em volta da sala. Sentei na beirada da cama, esperando que dissesse algo, já que era ele quem queria falar.

Depois de alguns minutos, ele suspirou.

— Era o vigésimo aniversário da morte de minha mãe. Meu pai organizou um pequeno memorial para ela e tive que viajar para São Francisco.

Fechei os olhos e respirei fundo. Senti-me um completo idiota por estar chateado quando ele estava lidando com algo tão doloroso.

— Por que você não me disse isso antes de partir?

Ele se sentou na cadeira ao lado da cama e esfregou suas têmporas.

— Eu não falo muito da minha mãe. O que compartilhei com você é mais do que eu disse à maioria das pessoas. Falar sobre isso me deixa triste, e não queria ser um fardo para você e azedar nosso tempo juntos.

Eu não entendi. Até mesmo as pessoas que eram estritamente amigas compartilhavam esse tipo de coisa entre si. Tratava-se de construir relacionamentos, mesmo platônicos, e pensei que era o que tínhamos feito nas últimas semanas.

— Como você me dizer o que estava acontecendo seria um fardo?

Ele deu de ombros, mas não explicou nada, o que fez com que uma centelha de raiva voltasse, porque eu queria que ele se abrisse. Que me visse como mais do que apenas um cara com quem ele se divertia.

— Que inferno, Aron. Passei as duas últimas noites preocupado com você. Mal consegui dormir e você nem teve a cortesia de responder as mensagens que te enviei. — Fiquei de pé e passei a mão por cima do rosto, tentando me acalmar. — Me dizer que você estava viajando para o memorial de sua mãe é o tipo de coisa que se compartilha com alguém quando estão juntos.

— Mas não estamos juntos — retorquiu.

Ai. Isso doeu um pouco, mas era a verdade. Nunca havíamos colocado um rótulo no que estávamos fazendo juntos. Em vez disso, tínhamos concordado várias vezes em apenas ver o que acontecia. Mas, é claro, isso não me impediu de desenvolver sentimentos por ele.

— Acho que não estamos. — Respirei fundo. Ele me disse muitas vezes que não namorava. Sua declaração só comprovou isso.

— Merda. Eu não quis dizer isso. — Ele ficou de pé e tentou me tocar, mas dei um passo atrás. — Concordamos em ver para onde as coisas iam. Você está dizendo que quer algo a mais?

Sim, era *isso* que eu estava dizendo, mas será que queria admitir em voz alta para ele? Qualquer que fosse a resposta que eu lhe desse, mudaria as coisas entre nós. No fundo, eu sabia que era um cara de relacionamentos. Claro, nunca havia imaginado estar em um com outro homem, mas sabia que me importava com o Aron. Ele merecia saber a verdade, mesmo que isso significasse um fim para o que quer que estivéssemos fazendo.

— Acho que o casual não vai mais funcionar para mim.

— Oh. — Aron olhou para mim. Seus lábios se viraram para baixo com um olhar franzido.

— Não quero acabar com as coisas entre nós. Quero que estejamos juntos. Em um relacionamento de verdade. — Agarrei a mão dele. Ele não se afastou, e esperei por uma resposta, mas ele não disse nada. Preocupado que tivesse estragado as coisas, recuei. — Se não é isso que você quer...

Ele esmagou seus lábios nos meus.

CAPÍTULO 21
ARON

Minhas bolas se apertaram à medida em que nossas línguas duelavam, lutando pelo controle. Quando eu disse a Drew que queria conversar, era para pedir desculpas por ignorar suas mensagens e não lhe dizer que estava indo a São Francisco para o memorial de minha mãe. Eu não tinha ideia de que lhe diria — *fisicamente* com a boca — que queria estar em uma relação com ele. Eu mesmo não tinha tido muito tempo para processar, mas sabia, no fundo, que queria estar com ele.

— Você está dizendo que quer mais? — Drew perguntou, contra meus lábios.

— Só com você — admiti, e continuei beijando-o.

— Porra, Aron — ele rosnou. — Se você fizer isso de novo...

— Pegue a minha bolsa.

Ele foi para trás.

— O quê?

Não esperei que ele fizesse o que eu tinha pedido. Em vez disso, andei até a minha mala ao lado da porta. Me abaixando, a abri, tirando o que tinha colocado lá dentro há semanas.

— Lubrificante? — questionou.

Joguei para ele e tirei um preservativo da minha bolsa também.

— Estou pronto, se você estiver.

Drew me puxou pelo colarinho da camiseta.

— Estou morrendo de vontade de foder a sua a bunda.

— Quem disse que você vai por cima? — Eu sorri.

Ele me encarou com os olhos bem abertos como se estivesse pensando em mim o fodendo.

— Vou deixar você me foder na nossa primeira vez. — Pisquei o olho para ele. — Que tal isso?

— Você vai *deixar*? — Ele bufou.

— Desta vez, mas eu fico por cima.

Ele recuou.

— Você vai ficar por cima?

— Você já fodeu o traseiro virgem de alguém antes, baby?

— Não, mas já fiz anal.

— Bem — puxei minha camisa por cima da cabeça —, ao foder um traseiro pela primeira vez, você precisa ir devagar. É melhor se a pessoa que está sendo fodida estiver em cima.

— Como eu não estou surpreso que você já tenha feito isso antes?

Eu ri.

— Fui eu quem fodeu a bunda. Não o contrário.

— Toda essa conversa está me deixando duro.

— Então é melhor fazermos algo sobre isso, sim?

Tiramos nossas roupas, ficando nus e com nossos paus longos e duros. Minha boca salivou. Era assim que a vida seria daqui para frente? Eu nunca quis fazer sexo com a mesma pessoa mais de uma vez, mas, pensando nisso com o Drew, eu queria. Queria acordar todas as manhãs ao lado dele e irmos juntos para a cama todas as noites depois de um jogo ou de passar a noite assistindo TV e conversando. Era uma loucura para mim, de um jeito bom, porque, em algum momento, eu quis estrangular o cara. Agora queria que seu pau me alongasse, me enchesse e me desse prazer.

De pé, ao lado da cama *king size*, eu o beijei novamente, lhe entregando o preservativo. Depois que ele o enrolou, esguichei um pouco do lubrificante na mão. Chegando na frente, agarrei seu eixo. Ele prendeu a respiração.

— Uma vez que fizermos isso, não há como voltar atrás — avisei. Tínhamos masturbado um ao outro, feito boquete um no outro, nos beijamos, mas nunca tínhamos ido até o fim.

— Acho que já passamos do ponto de voltar atrás.

Acariciei seu pau, deixando-o bem molhado com o lubrificante.

— Eu sei, mas, como ambos queremos isso, acho que precisamos nos conformar com nossa sexualidade. — Nunca tínhamos discutido se éramos gays ou bi, ou se era só curiosidade, mas, como haviam se passado várias semanas, eu já tinha ido além do ponto da curiosidade.

NEGOCIADO

— Ou seja, se formos gays?

Neguei com a cabeça.

— Tenho pensado sobre isso, e sou bi com certeza, mas não quero estar com mais ninguém.

— Nem eu — admitiu, e olhou para baixo, onde eu ainda o acariciava brevemente antes de inclinar meu queixo para cima. — E eu gosto do som disso, baby.

Eu sorri.

— Eu também.

— Agora, podemos fazer algo a respeito disso? — Olhou para baixo entre nós.

— Vá para o meio da cama, de costas — pedi.

Ele hesitou por um momento, como se não estivesse acostumado a receber ordens por aí — pelo menos não por mim. Mas eu determinaria, já que era a minha bunda.

Drew finalmente deitou na cama, indo para o meio. Depois de colocar a garrafa de lubrificante na mesa de cabeceira, eu subi nele e encostei em seus quadris, seu comprimento duro acariciando as bochechas da minha bunda.

— Tem certeza disso?

Olhei-o nos olhos.

— Não é a primeira coisa que entra na minha bunda.

Ele piscou os olhos.

— Não me diga que você não usa os dedos quando se masturba?

— Eu… não.

— Então você não sabe o que está perdendo.

— Ah, é mesmo? — Nós dois sorrimos.

— Que tal eu te mostrar?

— Que tal você fazer algo em vez de falar?

Eu ri.

— Você me fez uma pergunta.

Drew era um homem de poucas palavras, a menos que fosse algo significativo. Eu, por outro lado, era conhecido por falar pelos cotovelos.

Ele me puxou para baixo pela parte de trás da cabeça, tomando minha boca para me calar.

— Faça sua coisa para que eu possa te foder logo.

Me inclinando, peguei mais lubrificante para ter uma boa quantidade. O pau do Drew era maior que meus dedos, é claro, e não sabia do quanto precisávamos. Me apoiando em um joelho, peguei o pau dele, espalhando o lubrificante. Nossos olhos se encontraram, enquanto eu segurava seu eixo para cima e lentamente descia sobre ele. A leve queimadura me fez assobiar, mas depois eu gemi e a mão dele se enrolou no meu comprimento e me acariciou. Eu me baixei, me alargando até finalmente sentar em seu colo.

— Porra, é tão bom te sentir por dentro — ele disse, sem mexer seus quadris.

— Não deveria ser eu a dizer isso? — Sorri.

— O que eu disse sobre falar?

Eu o surpreendi rebolando antes de subir e deslizar de volta para baixo. Ele prendeu a respiração, me masturbando mais rápido, fazendo-me acelerar o ritmo. Senti como se cada parte de mim estivesse sendo tocada, a pressão de ser preenchido enviando prazer a cada terminação nervosa. Era uma combinação de dor e prazer ao montá-lo para cima e para baixo. Eu estava me perdendo.

— Isso. — Os quadris de Drew começaram a estocar para cima, combinando com o meu ritmo. Ele soltou o meu pau e me estendeu as mãos para trás, alargando minha bunda com elas. — É melhor você gozar logo no meu estômago.

— Jesus — arfei, minha boca indo até a curva do pescoço dele, me segurando, e ele tomava conta, bombeando forte e rápido em mim. Meu pau escorregou entre nós, ainda sendo acariciado.

— Da próxima vez, você vai me deixar ver o meu pau entrando na sua bunda?

— Sim — murmurei contra a pele dele.

— Com o seu traseiro no ar enquanto eu bato nele?

— Sim — repeti.

A cama se movia e rangia enquanto ele me fodia, nossos corpos escorregando de suor e minhas bolas se apertando. A cada estocada, a vontade de gozar aumentava. Nunca havia sentido algo assim antes, e amei.

— Eu vou gozar — ofeguei.

— Eu também. — Drew bombeou com mais força para dentro de mim e, assim que parou de se mexer, gozando no preservativo, eu me levantei, agarrei meu eixo, e com algumas bombeadas, me derramei em seu peito. Ele permaneceu dentro de mim, comigo ainda deitado em cima dele, meu rosto indo novamente para a curva do seu pescoço, e nós respiramos.

— É assim que é o sexo em um relacionamento? — perguntei. — Porque, porra, isso foi incrível.

NEGOCIADO

Drew deu uma pequena risada.

— Sim, baby. Uma vez que sabemos exatamente do que o outro gosta e quer, é arrebatador.

Eu me levantei e olhei para baixo.

— Comida?

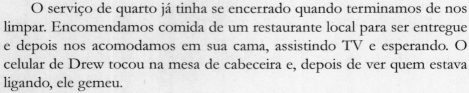

O serviço de quarto já tinha se encerrado quando terminamos de nos limpar. Encomendamos comida de um restaurante local para ser entregue e depois nos acomodamos em sua cama, assistindo TV e esperando. O celular de Drew tocou na mesa de cabeceira e, depois de ver quem estava ligando, ele gemeu.

— Está tudo bem?

— É a minha ex.

A ex que tinha ligado há algumas semanas.

— Talvez você devesse atender.

Ele negou com a cabeça.

— Devo ficar com ciúmes ou algo assim?

Drew virou o olhar para mim.

— Não há nada para ficar com ciúmes.

— Mas ela continua ligando

Ele respirou fundo.

— Coloquei meu apartamento em Nova York no mercado. Ela provavelmente está ligando por causa disso.

— Por quê? — Pisquei.

Ele me disse que a expulsou quando a pegou traindo. Por que ela se importaria se ele o estivesse vendendo?

Ele deu de ombros.

— Provavelmente quer comprá-lo.

— Sério?

— Não sei. Não me importo.

— Você venderia para ela?

— Pelo preço pedido, sim. — Seu telefone vibrava como se sua ex tivesse deixado uma mensagem de voz, então zumbiu com uma mensagem de texto. Ele não pegou o celular novamente.

Limpei a garganta depois de alguns momentos.

— Então, você está vendendo seu apartamento?

Drew concordou com a cabeça.

— Não faz sentido mantê-lo, já que estarei no Colorado por mais um ano, pelo menos.

— Certo... — Eu não conhecia os termos de seu contrato até então. Engoli em seco. — Eu estarei sem contrato no final da temporada.

Nossos olhos se encontraram, e ele soprou um fôlego.

— Merda.

— Sim.

Ficamos em silêncio por alguns minutos, vendo um ator sendo entrevistado por um apresentador de um programa noturno. Eu não estava ouvindo o que estava sendo dito, embora parecesse ser engraçado, já que a plateia estava rindo. Meus pensamentos focaram no fato de que Drew e eu tínhamos acabado de começar a namorar, e parecia que havia uma data de expiração, porque eu podia assinar com um time diferente.

Ele se voltou para mim.

— E se nós tirarmos a baixa temporada para vermos onde as coisas vão?

— Espero saber para onde estou indo até lá — contei. Uma vez terminada a temporada, havia um período de espera de cinco dias, e então qualquer time poderia me oferecer um contrato. Talvez até mesmo os Rockies.

— Certo, mas não faz sentido parar o que estamos fazendo agora. — Ele acenou com a mão entre nós.

— Eu não quero parar nada — admiti. — Acabamos de começar.

— Eu também não. Então, vamos ficar juntos durante a baixa temporada e partir daí.

Eu engoli.

— O que você tem em mente? Não é como se pudéssemos sair de férias e brincar na praia de mãos dadas.

Havia apenas alguns jogadores de beisebol em atividade que tinham se assumido como gays. Alguns esperaram até depois de se aposentarem, porque ser homossexual não era bem visto e, para alguns, isso significava ser menos homem. Era assim que muitas pessoas viam a comunidade gay no mundo do esporte. Eu não tinha ouvido isso em primeira mão, mas sempre havia piadas no vestiário sobre chupar um pau ou o que quer que fosse. Era tudo mentira. Eu não tinha ideia de como meu amigo Slate Rodgers conseguiu seguir depois de declarar seu amor por seu namorado estrela do

NEGOCIADO

rock no Oscar do Esporte Americano. Eu sabia que não me sentia menos homem porque gostava do Drew Rockland. Eu me sentia feliz. Mais feliz do que nunca, desde que minha mãe faleceu. Mais feliz do que no dia em que fui convocado. Mais do que quando fiz meu primeiro *home run* durante meu primeiro jogo da liga principal.

Apenas... mais feliz.

— Você já pensou em contar para o time? — continuei.

— Não — Drew sussurrou.

— Você diria para eles um dia?

Ele pensou por um momento antes de responder:

— Não sei. E você?

— Eu não sei — concordei.

Houve uma batida na porta, e Drew saiu da cama.

— Temos meses para pensar sobre isso. Por enquanto, só quero aproveitar estar com você.

CAPÍTULO 22
DREW

Aron bocejou enquanto eu limpava o lixo que ficou do delivery.

— Quer ficar aqui hoje à noite? — perguntei.

Seus olhos azuis se alargaram com a sugestão. Nós dois ainda não tínhamos passado uma noite inteira juntos, mas eu não estava pronto para que ele partisse.

— Você não vai arremessar amanhã? — questionou, e acenei com a cabeça. — É melhor eu ir para que você possa descansar um pouco.

Ele estava certo, mas suas palavras ainda doeram. Será que ele não queria ficar comigo? Será que já tinha se arrependido de começar a namorar comigo?

— Pare — pediu, e minha mente parou. — Eu posso ver as rodas girando em sua cabeça. Não vou ser responsável por você não conseguir dar o seu melhor amanhã, especialmente porque temos uma chance nos *playoffs*.

— Você acha que é assim tão irresistível? — Eu bufei.

Ele sorriu.

— Eu sei que sou. — Ficou de pé e caminhou até mim. — Agora durma um pouco. Que tal ficar no meu quarto amanhã à noite?

— Tudo bem. — Eu o segui até a porta e o puxei para um beijo antes de ele sair.

Era para ser um beijo rápido de boa noite, mas não consegui me impedir de aprofundar o ato no momento em que meus lábios tocaram os dele. Eu o empurrei contra a parede e pude sentir meu pau endurecer contra seu quadril enquanto soltava um gemido baixo.

Ele se afastou de mim, e eu franzi a testa.

— É exatamente por isso que não posso ficar esta noite — explicou, olhando para baixo, para a barraca armada nas minha calça de moletom. — Economize um pouco dessa energia para o jogo de amanhã.

— Tudo bem — resmunguei. — Vejo você pela manhã.

Ele abriu a porta, verificou se o corredor estava livre, e depois saiu.

Quando subi na cama, não conseguia parar de pensar no que tínhamos feito antes. Aron tinha me deixado fodê-lo. Eu fantasiava com ele desde que começamos a sair, mas não tinha certeza de como funcionaria. Tinha sido intenso, mais profundo do que qualquer coisa que eu já havia experimentado.

Meu pau ainda estava duro de nossa breve sessão de beijos na porta, então empurrei a calça para baixo e enrolei a mão em torno do meu eixo. O aperto firme não era nada parecido com a sensação incrível do traseiro de Aron. Fechei os olhos, me lembrando de como ele tinha feito uma pequena careta quando entrei nele, só para ver seu rosto mudar um segundo depois, quando estava gemendo de prazer. Ele era apertado, quente e perfeito.

Aumentando a velocidade, chutei os lençóis mais abaixo no meu corpo. Minhas bolas se apertaram com minha liberação iminente. Com mais alguns movimentos, gozei por todo o meu estômago.

***

Estava quase na hora de ir para o campo para o aquecimento. Os Giants tinham vencido seu jogo no início do dia, então a pressão estava aumentando para garantir que ganhássemos também. Da maneira como nossos dois times estavam jogando, era provável que ambos conseguíssemos chegar aos *playoffs*, mas queríamos ganhar a divisão, não entrar sorrateiramente como um carro desgovernado.

Enquanto pegava minha luva no armário, ouvi meu toque de celular com uma notificação por SMS. Minha mãe normalmente ligava ou mandava uma mensagem de texto logo antes do jogo nos dias em que eu era titular. É claro que nem sempre conseguia atendê-la imediatamente, às vezes não via a mensagem até depois da partida, mas era bom se eu a lesse antes de ir para o campo, porque ela era minha maior fã, e mesmo que eu não fosse mais uma criança jogando na Liga Juvenil, isso ainda me fazia sorrir.

Não era ela.

— Porra — murmurei baixinho, quando vi que a mensagem era, na verdade, de Jasmine. Desbloqueei a tela para mandar uma mensagem de volta e dizer a ela para entrar em contato com meu corretor de imóveis. Só que ela não estava me mandando mensagens para falar sobre o apartamento.

Tudo à minha volta ficou em silêncio, e só o que eu podia ouvir era o batimento rápido do meu coração ao ler as palavras na tela.

> Jasmine: Estou grávida.

Outra mensagem chegou antes de eu ter compreendido completamente a primeira afirmação.

> Jasmine: Não queria lhe dizer assim, mas você não atende minhas ligações.

A sala girou, e parecia que eu estava à beira de um ataque de pânico. Afundei na cadeira em frente ao meu armário, me curvei e tentei respirar fundo. Minhas mãos estavam tremendo quando dei outra olhada na tela, esperando que as palavras tivessem mudado, mas não tinha lido errado.

— Rockland, você vem? — Barrett gritou, da entrada do túnel que levava ao campo.

Respirei fundo para acalmar meus nervos. Eu tinha um jogo agora e precisava me concentrar.

— Sim, já estou indo.

Devolvi o celular para o meu armário e comecei a andar na mesma direção que Barrett. Aron estava caminhando para o clube com Ellis ao seu lado, pois os dois tinham acabado de terminar o treino de rebatidas. Quando passou por mim, ele se virou na minha direção e piscou o olho. Ele não tinha ideia de que eu tinha acabado de receber notícias que tinham o potencial de mudar minha vida para sempre, e eu não imaginava como dizer a ele. Tínhamos acabado de começar a namorar oficialmente, e o anúncio de Jasmine poderia arruinar tudo isso. Sempre pensei que seria pai — sempre quis ser pai — mas não assim. Agora não.

Talvez houvesse uma chance de o bebê não ser meu, e eu estava preocupado por nada. Mas por que Jasmine me ligaria se eu não fosse o pai? Minha mente estava uma bagunça, mas eu tinha um jogo me esperando.

Barrett e Raineri, nosso treinador de arremesso, estavam esperando por mim quando entrei no *bullpen*. Sem uma palavra, pisei no montículo de treino, peguei uma bola para aquecer meu braço e a joguei para o meu receptor. Observei quando ela passou por cima da cabeça do Barrett e bateu na parede que nos separava do local onde o arremessador dos Tigres estava aquecendo.

NEGOCIADO

153

— Que diabos foi isso? — Raineri perguntou, preocupação gravada em seu rosto.

— A bola escorregou — respondi, me curvando para pegar o saco de resina ao lado do monte, na esperança de que secasse minhas palmas suadas.

— Isso é óbvio — Barrett resmungou, se preparando para o meu próximo lançamento.

— Você está bem? — Raineri me olhou de cima abaixo.

Ele estava excessivamente preocupado comigo desde que levei aquela bolada no antebraço em Los Angeles. Tinha chegado ao ponto de recomendar que Schmitt mudasse a rotação para permitir que eu perdesse um jogo como titular sem entrar na lista dos atletas cortados para completar minha fisioterapia. Quando um time estava na corrida para os *playoffs*, a equipe técnica levava cada lesão a sério.

Acenei com a cabeça e me dei um discurso de motivação interno. Durante as horas seguintes, meu foco precisava estar somente no jogo e não na bola curva que Jasmine acabou de me jogar.

Apesar de tentar não pensar na mulher e na gravidez, só consegui pensar nisso ao jogar bola após bola. De alguma forma, consegui fazer três *outs* para terminar a primeira entrada. Enquanto andava pelos degraus do túnel, os olhos de Aron encontraram os meus.

— Tudo bem com o seu braço?

Acenei com a cabeça e meu coração se encheu de felicidade pela preocupação dele comigo.

— Estou bem. — Meu braço estava bem. Minha cabeça, por outro lado, se mostrava uma bagunça completa.

Por algum milagre, ganhamos nosso jogo. Eu tinha conseguido endireitar minha mente e nos levado até a sexta entrada. Não foi o melhor período em campo, mas também não foi o meu pior. O clube estava zumbindo com a energia que normalmente se seguia a uma vitória, mas não havia planos de ir à cidade já que tínhamos um jogo cedo no dia seguinte.

Isso era ótimo para mim. Eu tinha que fazer uma ligação e planejava para passar a noite com o Aron. Pelo menos, esperava que esse ainda fosse o plano. Não dava para saber o que aconteceria quando eu falasse com Jasmine.

Depois de comer um pouco e de tomar um banho rápido, todos nós nos amontoamos no ônibus e voltamos para o hotel. Dei uma olhada para o assento de Aron, que estava sentado e digitando em seu celular com seu sorriso sexy no rosto. Nós dois achamos mais fácil mandar uma mensagem um ao outro quando estávamos perto do time, então não me surpreendeu quando meu celular apitou.

> Aron: Ainda vem para o meu quarto?

> Eu: Sim. Só preciso fazer uma ligação, e depois estarei lá.

Parte de mim queria dizer a ele o que estava acontecendo, mas primeiro eu precisava falar com Jasmine. Não queria arriscar nada entre nós até ter algumas respostas.

> Aron: Está tudo bem?

Respirei fundo e mandei uma mensagem de texto de volta.

> Eu: Sim.

Fiquei tentado a mentir e dizer que tinha que ligar para minha mãe ou algo assim, mas fiquei com a resposta de uma só palavra. Senti seu olhar caloroso sobre mim e, para fazer parecer que tudo estava bem, olhei para ele e pisquei. Ele sorriu de volta e meu coração doeu, porque eu tinha a sensação de que tudo estava prestes a mudar.

Uma vez de volta ao meu quarto, fiz uma lista mental das perguntas que tinha para Jasmine. Sentei-me na beira da cama e esfreguei a mão no rosto. Se eu não tivesse ignorado suas ligações por tanto tempo, teria descoberto que ela estava grávida antes que tivesse pressionado Aron para assumirmos um relacionamento. Talvez eu pudesse ter dado um fim nas coisas com ele antes dos sentimentos se envolverem. O pensamento fez o meu peito doer. Quando estávamos juntos, eu me sentia mais feliz do que nunca.

NEGOCIADO

Não importava se estávamos transando ou passando um tempo juntos. Eu queria estar com ele.

Olhando para as informações de contato de Jasmine, a raiva borbulhava profundamente dentro de mim. Já era ruim o suficiente que a traição dela tivesse arruinado o futuro que eu vi para nós. Ela estava fazendo isso novamente, e doía ainda mais do que quando a tinha apanhado na cama com outra pessoa, porque eu estava me apaixonando por Aron.

Poderia ter ficado sentado a noite toda pensando sobre a situação, mas não saberia de nada até que fizesse a ligação. Respirei fundo e disquei seu número.

— Então, você recebeu minha mensagem — disse, sem nenhum cumprimento.

Todas as coisas que eu havia planejado dizer deixaram minha mente, e fiquei com uma pergunta:

— Você realmente está grávida?

— Sim, Drew, realmente grávida — respondeu, irritada.

— É meu?

— Claro que é.

— Tem certeza?

— Eu disse que sim, não disse? Você está sendo um idiota.

Rangi meus dentes e fiquei de pé, enquanto gritava:

— Como estou sendo um idiota? A última vez que te vi, você estava transando com outro cara na minha cama, então como sei que não é dele?

— Zane sempre usava camisinha. Você não.

— Você me disse que estava tomando a pílula. Era mentira?

— Não. Eu estava tomando a pílula.

— Então como é que isso aconteceu? — Puxei meu cabelo no topo da cabeça.

— Às vezes, me esquecia de tomar.

— Sério? Não achou que isso era algo que deveria ter mencionado quando estávamos juntos?

— Você é quem sempre falou em ter filhos um dia...

— Sim, em alguns anos — eu a interrompi. — Depois que nos casássemos. Não agora, e definitivamente não depois de nos separarmos porque você me traiu.

— Drew. — A voz dela era suave e doce, mas não fez nada além de me irritar. — Não podemos deixar tudo isso de lado? Vamos ter um bebê.

— Mas você não quer filhos. Você mesma disse isso quando descobriu que sua amiga estava grávida. Por que a súbita mudança de opinião?

— Não sei. Pensei que podíamos começar de novo e ser uma família.

Semanas atrás — antes de Aron —, talvez eu me sentisse tentado a considerar o que ela estava oferecendo. Mas isso não era mais uma opção. Eu não a amava mais, e me recusava a aceitar a ideia de voltar com ela apenas porque estava grávida.

— Isso não vai funcionar.

— Por que não?

— Porque eu não quero estar com você, Jasmine.

— Tem outra pessoa? — perguntou, voltando a ficar irritada.

— Isso não é da sua conta. Não consigo superar o que você fez — justifiquei. Ela suspirou, mas eu continuei: — Vou ser presente pelo bebê, mas preciso de algum tempo para pensar nas coisas.

Meu pai tinha ido embora por razões desconhecidas quando eu tinha dois anos de idade. Sabia que não faria isso com meu próprio filho, não importava o que acontecesse. Tenho outra temporada com os Rockies, e então poderia me aposentar e ser o pai que uma criança precisava.

— Você não tem muito tempo.

Neguei com a cabeça, não entendendo o que ela estava querendo dizer com essa afirmação.

— Como assim, "eu não tenho muito tempo"?

— Você estava certo, eu nunca planejei ter filhos e não vou ficar com este bebê se você não estiver envolvido.

— O quê?

— Depende de você, mas não vou fazer isso sozinha. Vou lhe dar alguns dias para decidir, mas, se não tiver notícias suas, não vou manter o bebê.

Jasmine desligou na minha cara, e a conversa me deixou furioso. Eu estava irritado com ela, comigo mesmo, com o mundo. Meu celular tocou na minha mão e me senti tentado a jogá-lo pela sala antes de ver o nome de Aron na tela.

> **Aron: Vai subir em breve? Já estou nu.**

Ele mandou uma foto de seu tanquinho sem mostrar o rosto. Digitei uma resposta rápida, deixando-o saber que estaria lá em alguns minutos. Peguei minha mochila, joguei alguns artigos de higiene pessoal e saí do quarto. Optei pelas escadas ao invés do elevador, precisando queimar um pouco da raiva que estava sentindo.

NEGOCIADO

Quando cheguei em seu quarto, respirei fundo e bati na porta. Meu mundo tinha acabado de ser abalado, e meu futuro era incerto, mas eu queria — não, eu precisava — estar com Aron.

Especialmente se esta fosse a última vez.

— Olá, baby. — Aron agarrou minha mão e me puxou para dentro de seu quarto, fechando a porta atrás de nós. Ele estava vestindo boxers e não estava nu, como sugeriu. *Estraga-prazeres.* — Por que demorou tanto? Estava preocupado que tivesse que me masturbar se você não aparecesse logo.

Neguei com a cabeça e ri.

— Você é ridículo.

— Mas sério, para quem você precisava ligar?

Não detectei nenhuma acusação em seu tom, apenas genuína curiosidade, o que me fez sentir como um merda quando a mentira passou pelos meus lábios.

— Minha mãe. Estamos tentando planejar um tempo para que ela venha me visitar.

No momento em que mencionei minha mãe, vi um flash de algo parecido com dor passar sobre seu rosto, mas ele rapidamente a escondeu e sorriu para mim.

— Isso é legal. Tenho certeza de que ela vai ficar feliz em te ver.

Droga, me senti como um idiota ainda maior por ter mentido sobre minha mãe.

— Aron…

— Não. Está tudo bem.

Antes que eu pudesse dizer mais alguma coisa, ele me puxou pra perto e me beijou. Reagi imediatamente, abrindo minha boca para ele.

Ficamos no meio de sua suíte, minhas mãos vagando sobre seu peito nu e nossas línguas lutando pelo domínio. Ainda me surpreendia como era diferente beijar um homem, mas estava viciado nisso. Viciado *nele*.

Depois de alguns minutos, ele começou a me empurrar em direção à porta aberta que eu presumia levar ao seu quarto. Eu era maior do que ele, mas não me importava que assumisse o controle. Com a noite que tive, estava mais do que disposto a me submeter ao que ele tinha em mente. Queria parar de pensar e me perder nele.

Quando estávamos ao lado da cama, Aron se separou da minha boca e traçou beijos pela minha garganta.

— Fique nu para mim. — Ele rosnou no meu ouvido, e eu tremi. — Fiquei a noite toda querendo tocar você.

Ele não precisava me pedir duas vezes. Arranquei a camiseta sobre a cabeça e empurrei meus jeans e boxers para baixo, descalçando meus sapatos e meias no processo.

Ele riu.

— Alguém está com tesão.

— Você não tem ideia. — Eu o agarrei pela parte de trás do pescoço e o beijei novamente. — Ou talvez você saiba — acrescentei, quando senti seu pau duro esfregando na minha coxa.

— Suba na cama e deita de costas.

Segui seu comando, sem me importar em parecer ansioso.

Uma vez deitado no meio do colchão, Aron empurrou a boxer para baixo e subiu em cima de mim. Ele me deu um beijo rápido nos lábios antes de descer e arrastar sua língua pelo meu peito e estômago.

— Caralho. — A palavra deixou meus lábios em um sussurro silencioso.

— Ainda não. — Ele piscou o olho para mim antes de descer mais pelo meu corpo. — Primeiro, vou fazer você se sentir muito bem.

Não duvidei de sua capacidade de cumprir sua promessa. Cada vez que estávamos juntos, as coisas só melhoravam.

Seus olhos nunca saíram dos meus enquanto corria lentamente a língua desde a base do meu pau até a ponta e depois descia para engolir todo o meu eixo com a boca. Meus olhos se fecharam e minha cabeça se inclinou para trás, desfrutando de sua boca. Ele alternou entre chupar e correr sua língua ao redor da cabeça, me deixando louco de desejo.

— Porra, baby. Eu preciso de mais — eu gemi.

Ele levantou a cabeça, mas continuou a me acariciar com a mão.

— Diga-me o que quer.

Eu estava perdido na nuvem de desejo, e mal podia falar, mas ele fez uma pausa em seu movimento, esperando que eu respondesse. Olhei para ele.

— Seus dedos. Quero-os dentro de mim.

Em seus olhos, vi o mesmo desejo que estava sentindo refletido em mim antes que ele se esticasse. Abri a gaveta da mesa de cabeceira e tirei a garrafa de lubrificante.

— Dobre os joelhos e coloque os pés na cama — ele instruiu, e sentou entre minhas pernas.

Fiz o que ele mandou e o observei abrir a tampa e despejar uma generosa quantidade de lubrificante nos dedos da mão. Ele jogou a garrafa na cama ao meu lado e agarrou o meu pau com a mão que não tinha lubrificante.

NEGOCIADO

Depois de alguns movimentos, abaixou a cabeça e me colocou na boca novamente. Sua mão e boca trabalharam ao mesmo tempo, no ritmo certo, quase me fazendo gozar. No momento em que achei que não fosse aguentar mais, ele se afastou e desceu até minhas bolas, onde gentilmente sugou uma para dentro de sua boca.

Puta merda, aquilo foi bom.

Ele começou a traçar lentamente um dedo no meu vinco e começou a penetrar a ponta na minha bunda. Era mais sensível do que eu esperava, e afastei mais as minhas pernas para lhe dar acesso mais fácil a uma parte de mim que ninguém havia explorado antes.

Ele voltou a chupar a cabeça do meu pau novamente e começou a empurrar um dedo dentro de mim. Fiquei tenso, fazendo com que Aron olhasse para cima para mim.

— Apenas relaxe. Prometo que você vai adorar.

Acenei com a cabeça e soltei um fôlego. Ele continuava a dar atenção ao meu pau enquanto superava, cuidadosamente, qualquer resistência que o meu corpo tivesse. Quando seu dedo estava completamente dentro de mim, ele me deu um segundo para me ajustar ao sentimento estranho.

— Estou bem. — Respirei fundo, me sentindo relaxar.

Ele bombeou o dedo um par de vezes antes de acrescentar um segundo. Parecia ser muito e não o suficiente ao mesmo tempo. Ele me chupou mais forte e aumentou o ritmo de seus dedos e de sua boca. Usando meus pés como alavanca, comecei a me empurrar com mais força contra ele.

— É isso aí, baby. Se fode nos meus dedos.

As palavras de Aron me estimularam a continuar fazendo o que ele exigia. Minhas pernas tremeram, e pude sentir meu orgasmo crescendo quando ele curvou os dedos e esfregou um ponto que me fez ver estrelas.

— Eu vou gozar — ofeguei.

Ele continuou a me foder com os dedos até que gozei na garganta dele, engolindo tudo o que lhe dei, e então ele lentamente se levantou, parecendo arrogante como sempre.

— Porra, isso foi muito sexy.

Sem fôlego, não conseguia responder com palavras, então o puxei para um beijo, me provando em seus lábios.

CAPÍTULO 23
ARON

Levar Drew ao êxtase era o meu novo objetivo de vida, além de ganhar um anel da World Series, mas eu gozaria disso com o tempo. E Drew também. Muitas, muitas, muitas vezes, o que ele fez durante toda a noite em que ficou no meu quarto. Era como se fosse nossa última noite juntos, antes que um de nós nos entregasse por algum tipo de infração, porque não conseguíamos manter nossas mãos — e outras partes — afastadas umas das outras. O único crime era que a gente precisava sair da cama, porque tínhamos um jogo diurno para jogar. Pelo menos, eu tinha, já que ele arremessou no jogo de ontem.

Meu alarme tocou na mesinha de cabeceira ao meu lado. Eu gemi e me soltei do corpo quente e nu de Drew.

— Por favor, me diga que isso está ajustado para pelo menos duas horas antes de realmente precisarmos nos levantar.

Eu ri um pouco e desliguei o alarme.

— Não. O ônibus sai em uma hora.

— Porra — ele gemeu.

— Você queria mais uma rodada? — Eu me empolguei.

Tínhamos tido algumas rodadas até desmaiarmos. Não fodi Drew com o meu pau em nenhuma delas, mas ele me fodeu de novo, e foi o paraíso. Como eu não percebi quão bom poderia ser estar em um relacionamento? Saber o que cada um de nós gostava, o que fazia Drew tremer, era felicidade pura.

— Eu queria poder dormir um pouco mais.

Rolei em cima dele e beijei seu pescoço.

— Realmente quer dormir?

— Bem, se você coloca dessa forma.

Beijei sua boca, escorregando minha língua pela dele, colocando a mão entre nós, e peguei em seu pau.

— Vai me deixar te foder hoje à noite, baby?

— Você é insaciável — ele provocou, contra meus lábios.

— Só por você. — Eu o acariciei mais algumas vezes, não gostando do ângulo. — Quero sua boca em mim.

— E eu quero a sua também. Vire-se.

— Gosto do jeito que você pensa. — Eu sorri e virei, então minha cabeça estava sobre o pau dele e meu pau sobre seu rosto.

Drew não hesitou em me levar até o fundo da boca, me engolindo inteiro. Ele chupou com força, agarrando minhas bolas e brincando com elas.

Jesus.

Fui ao seu ritmo, levando-o na boca, enrolando a língua na cabeça dele e me movendo da base para a ponta. Seria assim todas as manhãs? Eu tinha que admitir que acordar ao lado de alguém tinha suas vantagens. Privilégios que eu nunca havia experimentado antes. Incentivos aos quais poderia me acostumar.

Meus olhos rolaram para a parte de trás da cabeça e Drew continuou a trabalhar na minha virilha. Era como se ele estivesse com fome, me devorando. Ele lambia, chupava, me consumia. Tentei acompanhar, querendo fazer o mesmo com ele, mas a sensação era tão intensa que eu tinha parado de chupá-lo para desfrutar do prazer que corria através de mim.

— Eu vou gozar — suspirei.

Ele não parou.

— Oh, Deus — gemi. — Desse jeito. — Gozei na garganta dele, meu corpo inteiro tremendo com a sensação. Como diabos eu jogaria um jogo de beisebol quando tinha certeza de que não conseguiria andar?

Drew não disse nada, esperando que eu recuperasse o fôlego. Uma vez que o fiz, levei-o à minha boca e retribuí o favor até ele gozar.

Saí de cima dele e me deitei de costas, precisando de um minuto para me recompor.

— Eu podia me acostumar a acordar assim todas as manhãs.

Ele não disse nada ao sair da cama e vestir sua cueca.

— Drew? — chamei, e os olhos dele se levantaram para encontrar os meus. — Está tudo bem?

— É melhor irmos andando antes que percamos o ônibus. Vou correr para baixo e tomar o café da manhã primeiro.

Fiquei na cama e ele se vestiu. Enquanto caminhava até a porta para sair, abri a boca para pedir-lhe que viesse até minha casa quando estivéssemos em St. Louis. Após o jogo, o time ia para lá para quatro jogos. Queria que Drew ficasse comigo ao invés de no hotel, porque era um lugar onde éramos livres para fazer o que quiséssemos e não teríamos que nos preocupar se alguém nos visse no quarto um do outro, mas ele abriu a porta e saiu. Não me deu um beijo de despedida ou disse que me veria mais tarde.

Ele simplesmente saiu.

Será que fiz algo de errado?

Apressei-me, vesti-me e desci para comer antes de precisarmos estar no ônibus. Esperava ver Drew, já que ele tinha dito que tomaria café da manhã, mas, quando cheguei ao restaurante, ele não estava em nenhum lugar à vista. Alguns dos caras estavam correndo para encher o estômago como eu, e peguei um prato de comida no buffet. Bocejei ao lado de Miller com meu prato de bacon, um waffle, uma omelete de clara de ovo e uma tigela de frutas.

— Noite longa? — perguntou.

Eu sorri e enfiei um pedaço de abacaxi na boca.

— Tudo foi longo.

— Vejo que abriu bastante o seu apetite. Estou com inveja.

Sorri novamente, não lhe contando nenhum detalhe. O que ele ou os caras pensariam se soubessem que eu e Drew estávamos fodendo? Que estávamos fodendo há semanas? Será que algum deles nos odiaria? Agiria como se quiséssemos foder com eles? Assumiria, já que gostamos do mesmo sexo, que não conseguiríamos fazer nosso trabalho no campo? Ou será que pensariam que era algo incrível que dois inimigos tinham se transformado em amantes? Havia uma pessoa a quem eu podia ligar para saber como foi quando se assumiu, mas eu não estava pronto para que ninguém soubesse sobre mim e Drew, ou que eu *estava jogando pelo outro time*.

Após terminar de comer, peguei minhas coisas do quarto e fui para o ônibus. Drew ainda estava sumido. Eu queria mandar uma mensagem, mas resisti, e esperei. Ele finalmente entrou no ônibus alguns minutos antes de partir, mas sem olhar para mim. Eu não aguentava mais o silêncio ou como ele estava agindo.

> Eu: Pensei que você estava indo tomar café da manhã.

NEGOCIADO

> Drew: Tinha que lidar com umas coisas.

> Eu: O que está errado?

Assisti enquanto ele lia a mensagem, ainda sem olhar para o outro lado do corredor onde eu estava sentado.

> Drew: Nada.

> Eu: Você até poderia ter me enganado.

Ele não respondeu. Em vez disso, colocou o celular na mochila, encostou a cabeça para trás e fechou os olhos.

Que porra é essa?

Fiz minhas próprias coisas antes do jogo como sempre faço, desta vez ficando longe de Drew no clube e da sala de pesos. Se ele queria guardar segredos, que assim seja, porra. Foi hipócrita da parte dele, mas eu tinha que esperar que me dissesse eventualmente o que teve que fazer quando saiu do meu quarto. Só que algo estava errado antes de ele sair. Será que ele recebeu uma mensagem que eu não vi? Sabia que não tinha sido uma ligação. Não estava acostumado a lidar com relacionamentos, mas não achei que segredos fizessem parte do acordo, especialmente depois que ele ficou irritado quando eu não disse que estava indo para São Francisco.

Como poderíamos ter orgasmos de arrepiar a mente num minuto e depois agir como se nada tivesse acontecido no momento seguinte?

Tentei me lembrar de tudo o que havia dito, mas nada me veio à mente que o fizesse agir da maneira como agia. Talvez nada estivesse errado, como ele disse, e ele só tinha que fazer uma ligação ou algo assim. Mas por que não me diria?

— Vamos fazer isto! — Matthewson gritou, ao entrar no vestiário antes de sairmos para o início do jogo.

Os Giants tiveram o dia de folga e, como estávamos empatados com eles mais uma vez, se conseguíssemos uma vitória, assumiríamos a liderança na divisão. Se perdêssemos, ficaríamos para trás.

Meus olhos traidores se moveram para onde Drew estava em seu armário. Ele me deu um pequeno sorriso, depois olhou para o lado. Meus olhos se estreitaram, a raiva correndo pelas minhas veias. Antes dos jogos, ele sempre me desejava boa sorte ou pelo menos piscava o olho para mim. Agora me olhava como se seu gato tivesse morrido. Mas, até onde eu sabia, ele não tinha um gato.

Estalando o pescoço, tentei soltar a tensão que se formou em meus ombros. Quando eu era solteiro, não tinha que me preocupar com merdas como Drew não agir como o seu habitual. Podia me concentrar no jogo, no que precisava fazer. Exceto quando comecei a sair do clube, pois meu olhar encontrou novamente o do Drew, e ele me deu a piscadela que eu não tinha percebido que precisava. Neguei com a cabeça. Era tudo imaginação minha? Será que eu estava vendo coisas, quando não tinha nada?

Pisquei de volta, mas, mais uma vez, que porra era essa?

Fiz dois para quatro com um *home run* na sexta entrada. Não foi meu melhor jogo, mas foi bom o suficiente para nos ajudar a vencer os Tigers e ficar em primeiro lugar na divisão. Ainda tínhamos mais algumas semanas até que pudéssemos conquistar uma vaga nos *playoffs*, mas as chances eram muito altas. Se eu desse o meu melhor e conseguíssemos uma vitória na World Series, isso aumentaria minhas chances de ser recontratado pelo Rockies? Será que os times lutariam por mim? Será que eu finalmente viveria meu sonho de me tornar um Giant de São Francisco, como meu pai?

Depois do jogo, fiz minhas próprias coisas novamente e entrei no ônibus para ir para o aeroporto. Decidi que daria ao Drew uma última chance de me mostrar que nada estava errado. Durante o jogo inteiro, ele tinha me evitado. Me deu um *high five* depois do meu *home run*, mas nada dos olhares roubados a que eu estava acostumado.

Peguei meu celular e mandei uma mensagem antes de ele entrar no ônibus.

> **Eu:** Já que estamos indo para minha cidade, quer ficar na minha casa esta noite?

NEGOCIADO

Achei que ele não responderia, porque não tinha respondido até o momento em que entrou no ônibus. Ele se sentou do meu lado, como sempre, e enquanto olhava pela janela, meu celular vibrou na mão.

> Drew: Sim, precisamos conversar sobre algumas coisas.

Meus olhos se alargaram e me virei em sua direção. Ele me deu um pequeno sorriso novamente, e digitei um texto.

> Eu: Que coisas?

> Drew: Explicarei mais tarde.

Ele ia terminar comigo? Eu não me relacionava com ninguém, mas sabia o suficiente para saber que nunca era um bom sinal quando alguém falava que a gente *precisa conversar*.

Enquanto o avião estava andava até o portão, enviei outra mensagem para Drew com meu endereço.

> Eu: Para evitar rumores, me encontre na minha casa depois de pegar seu quarto.

> Drew: Está bem.

Olhei para a resposta simples enquanto saíamos do avião. O que eu esperava? Que ele me perguntasse se eu queria assistir Netflix e relaxar? Se eu queria ir jantar? Se ele deveria conseguir mais lubrificante?

— Vejo vocês depois, filhos da puta. — Dei o sinal de paz e comecei a andar até onde estava o carro que pedi.

— Festa na sua casa hoje à noite? — Santiago perguntou.

— Não, cara. Preciso ter certeza de que ela ainda está de pé. — Eu sabia que estava. Meu agente tinha trabalhado com um corretor de imóveis no caso de eu querer vendê-la. Eu não estava pronto para tomar uma decisão, pois não sabia o que meu futuro me reservava depois da temporada, mas o corretor de imóveis havia limpado o local e estava em processo de avaliação, pois eu saberia meu destino em alguns meses. — Vejo vocês amanhã.

Olhei para Drew uma última vez. Ele me deu um aceno de cortesia e continuou caminhando com o time. Esperava que ele me desse o piscar de olhos que eu tanto queria — o piscar de olhos para me mostrar que estava tudo bem.

Não estava tudo bem.

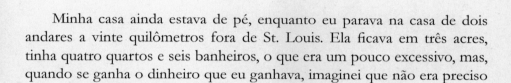

Minha casa ainda estava de pé, enquanto eu parava na casa de dois andares a vinte quilômetros fora de St. Louis. Ela ficava em três acres, tinha quatro quartos e seis banheiros, o que era um pouco excessivo, mas, quando se ganha o dinheiro que eu ganhava, imaginei que não era preciso economizar nos banheiros.

Na parte de trás, havia um pátio coberto com lareira e piscina, e no meu porão havia uma sala de jogos e um cinema. Nem preciso dizer, mas eu tinha de tudo.

Não queria vender a casa, mas, se não estivesse mais jogando para St. Louis, não precisaria dela. Conseguir algo remotamente semelhante em São Francisco — se eu voltasse para casa —, provavelmente me custaria dez milhões. Não tinha ideia de quanto custavam as casas em Denver, ou em qualquer outro lugar. Talvez eu encontrasse um lugar para alugar até assinar um longo contrato novamente ou me aposentar.

Apesar de o ar condicionado estar ligado, a casa estava um pouco abafada quando abri a porta da frente. O clima em setembro estava no lado ameno e, como era início da noite, pensei que Drew e eu poderíamos sentar no pátio para nossa conversa.

Coloquei a bolsa no quarto lá em cima, depois fui até a cozinha para ver o que tinha na geladeira. Meu agente, Lee, sabia que eu estava voltando para casa por alguns dias e se certificou de contratar alguém para estocar o lugar. Quando abri a geladeira, notei que incluía algumas cervejas, então abri uma garrafa de Bud Light e tomei dois goles enormes até terminar, precisando acalmar um pouco meus nervos.

Três cervejas e uma hora e meia mais tarde, o serviço de carro de Drew estacionou na minha entrada. Queria abrir a porta para cumprimentar meu homem, mas não sabia como ele reagiria, nem queria que o motorista soubesse de nosso relacionamento ou que a casa fosse minha. Observei pela janela como um maluco pelo carro sair da entrada, e então abri a porta antes que Drew pudesse bater.

Ele não levava uma mala consigo.

Eu sorria calorosamente, fingindo que tudo estava bem quando, no fundo, sabia que tudo estava prestes a mudar.

— Oi.

— Ei — devolveu, com aquele pequeno sorriso que eu estava começando a odiar.

— Bem-vindo à minha humilde morada. — Afastei-me para que ele pudesse caminhar para dentro.

— Caramba, é legal.

— Você esperava algo diferente? — Tranquei a porta.

— Pensei que a louça estaria espalhada por todo o lugar — explicou.

Eu ri.

— Eu não estive em casa, mas também tenho uma empregada.

— Certo. — Ele ainda estava agindo de forma estranha.

— Então… quer uma cerveja?

— Claro. — Ele respirou fundo e me seguiu até a cozinha.

Depois de abrir a tampa para ele, entreguei uma garrafa de Bud e peguei outra para mim.

— Está uma noite agradável. Quer sair para o pátio? — Quem era eu?

— Se é isso que você quer.

— O que eu quero é que você pare de agir de forma estranha.

Drew piscou os olhos.

— Eu…

— Apenas cuspa o que for. Você veio aqui para falar, então fale. — Não fazia sentido ficar enrolando. Eu precisava saber o que diabos estava acontecendo.

Ele tomou um longo gole de sua cerveja, bebendo tudo.

— Preciso de outra.

— Quer algo mais forte?

— Sim.

Abri meu freezer e tirei uma garrafa de Tito's.

— Shot de vodka?

— Dois.

Inclinei um pouco a cabeça.

— Tão ruim assim?

Quantos shots entorpeceriam a dor de uma separação? Pelo visto, dois shots de vodka, mas talvez ele não estivesse terminando comigo. Talvez tenha sido outra coisa.

Drew não respondeu, e dei um shot, o observando, e depois lhe dei outro. Ele também entornou esse.

— Devo tomar um shot também? — perguntei.

— Provavelmente.

O álcool queimou e fiz uma careta, sacudindo a cabeça. Já haviam se passado semanas desde que eu tinha tomado um shot. Ao invés de passar meu tempo em um bar depois dos jogos, eu o tinha passado com Drew. Seria ainda assim depois de nossa conversa?

Eu não perguntei novamente se ele queria ir lá fora. Estava claro para mim que o que ele tinha a dizer não seria casual. Esperei que ele falasse, meu coração batia rapidamente no peito. Minhas palmas das mãos começaram a suar, e percebi que estava nervoso. Diabos, eu tinha ficado desconfortável o dia inteiro.

Drew tomou uma longa respiração.

— Finalmente sei porque minha ex estava me ligando. — Esperei que ele continuasse. Levou alguns momentos até que finalmente dissesse as palavras que nunca imaginei ouvir. — Ela está grávida.

Eu pisquei e repeti:

— Grávida?

— Sim — ele suspirou.

— É... É seu? — indaguei, e ele encolheu os ombros. — Mas você a pegou te traindo — eu o lembrei. — Não pode ser do outro cara?

— Ela disse que era meu. Mas, baby... — Ele fez uma pausa e se mudou para onde eu estava do outro lado da ilha da cozinha, agarrando minha mão. — Acordar com você esta manhã e o que fizemos... foi a melhor manhã que já tive.

— A melhor? — sussurrei, olhando em seus olhos castanho-claros.

— Foi incrível.

— Então o que aconteceu? — Eu não elaborei mais. Ele tinha que saber que estava agindo de forma estranha, já que eu estava perguntando.

NEGOCIADO

169

— Quando você disse que podia se acostumar a acordar como tínhamos feito todos os dias, percebi que eu sentia o mesmo. Mas não podia fazer nenhuma promessa até que soubesse se seria pai ou não. Então, voltei ao meu quarto, liguei para Jasmine e disse a ela que queria um teste de paternidade.

— Você quer dizer em nove meses?

Drew concordou com a cabeça.

— Ela quer se livrar do bebê se eu não quiser estar na vida deles.

— Na vida *deles*?

— Ela quer que eu esteja totalmente comprometido.

Pisquei.

— Que porra isso significa?

Ela o queria de volta? Deu-lhe algum ultimato de que só ficaria com o bebê se ele voltasse com ela? Fiquei instantaneamente irritado e a odiei. Antes, não tinha me importado que ela o tivesse traído. Quem saiu ganhando fui eu. Mas agora, ela estava sendo estúpida se achava que podia prendê-lo. Eu não permitiria isso.

— Não quero me preocupar com isso — ele respondeu. — Eu disse que ela precisava fazer um teste de paternidade agora, e então discutiríamos nossa situação. O que você e eu temos é incrível, mas se for meu bebê...

— Sua situação com ela?

Drew abriu sua boca para responder e depois a fechou. Meu coração doeu, e retirei minha mão da sua. Ele queria voltar com ela se estivesse carregando o bebê dele?

— Não necessariamente seguir em frente juntos, mas há coisas que precisarei resolver com ela.

— Se for seu — eu o lembrei.

— Exatamente.

— E quanto a nós? — questionei.

Ele deu de ombros.

— Não sei. É por isso que precisamos conversar.

Respirei fundo, fechei os olhos e disse o eu estava pensando:

— Não estou pronto para ter uma família, Drew. Há uma semana, eu achava que não estava pronto nem mesmo para ter um relacionamento.

— Eu sei, mas como somos um segredo...

— Como somos um segredo? O quê? — cortei. — Você vai fingir que é uma grande família feliz com sua ex enquanto me fode às escondidas?

— Não é isso que estou falando. — Ele tentou me tocar, mas dei um passo atrás. — Há muito que eu preciso resolver se vou ser pai.

— Isso — movi o dedo entre nós — é o motivo pelo qual eu nunca quis estar em um relacionamento. — Porque nunca passei mais do que uma noite com alguém. As coisas sempre ficavam complicadas.

— Eu entendo, mas se o bebê é meu, quero ser o pai que ele precisa. É o que sempre imaginei para minha vida, já que o meu pai nunca esteve por perto.

— Bem, eu não — retruquei.

— Por que não?

Suspirei.

— Porque não posso sujeitar uma criança à dor pela qual passei quando perdi minha mãe.

Ele inclinou a cabeça para trás.

— O que você quer dizer?

— Apenas... — Senti como se estivéssemos andando em círculos. Não sabíamos se ele era o pai, mas, de qualquer forma, era um sinal. Estávamos em uma situação tão boa, que algo estava destinado a acontecer. Olhei para ele e depois prossegui: — Talvez tenha sido uma má ideia começar a namorar.

— Não. — Ele me procurou e levantei as mãos.

— Deveríamos dar um tempo até ter certeza. — Um caroço se formou na minha garganta. Eu não sabia quando isso tinha acontecido, mas Drew tinha entrado no meu coração, e ele estava quebrando.

— Não é isso que eu quero.

Cruzei os braços sobre o peito, como se estivesse protegendo o que estava dentro.

— Seja honesto comigo. Você acha que é seu?

Drew fechou os olhos, e eu sabia a resposta antes que ele dissesse:

— Aparentemente, o cretino com quem ela me traía sempre usava camisinha.

Eu acenei e engoli em seco.

— Então eu acho que precisamos voltar a ser apenas companheiros de time.

NEGOCIADO

CAPÍTULO 24
DREW

Apertei os olhos, tentando conter as lágrimas que podia sentir se formando.

— Não podemos esperar pelos resultados do teste de paternidade antes de decidir acabar com isto? Acabar conosco?

— E depois o quê, Drew? Terminamos em algumas semanas e vai doer um milhão de vezes pior do que isso? Porque a cada minuto que passo com você, mais fortes se tornam meus sentimentos. Há muitas coisas que você precisa resolver se o bebê for seu, e não posso arriscar meu coração enquanto você faz isso.

Tudo o que ele disse era verdade, mas eu ainda queria discutir com ele. Fazer com visse as coisas do meu ponto de vista. Estava me matando estar em uma situação em que não podia ser pai e ficar com o homem pelo qual estava me apaixonando. Nunca abandonaria meu filho, mas queria Aron ao meu lado enquanto tentava navegar na nova vida que estava potencialmente enfrentando, e tentei pensar em qualquer coisa que pudesse dizer para convencê-lo a ficar comigo, quando ele disse:

— Acho que é melhor se você simplesmente for embora.

Minha cabeça disparou para cima, e pude ver o brilho das lágrimas em seus olhos, que combinavam com os meus. Não havia mais nada que eu pudesse fazer ou dizer. Ele estava terminando comigo. Com a gente.

Sair da casa de Aron foi a coisa mais difícil que já fiz. Levou apenas dez minutos para que o carro que pedi aparecesse, mas aqueles dez minutos pareceram uma vida inteira ao esperar perto da entrada de sua residência. Fui para o banco de trás do carro e me virei para olhar para a casa dele mais uma vez. Queria desesperadamente que ele mudasse de ideia, viesse correndo para fora e me implorasse para não sair. Mas ele não o fez. Em vez disso, deixei um pedaço do meu coração para trás ali mesmo, e acho que jamais o teria de volta.

— Tenha uma boa-noite — disse o motorista, quando saí do banco de trás, em frente ao hotel. Bati a porta sem responder.

Tenha uma boa-noite. Foi a pior noite da minha vida. Pior do que quando minha mãe sentou comigo e explicou que meu pai tinha nos deixado. Pior do que encontrar Jasmine na cama com outro cara. Nunca experimentei uma dor tão pura e tão devastadora.

Consegui voltar ao meu quarto de hotel sem encontrar nenhum dos meus colegas de time, e fiquei grato pelo pequeno milagre. Não estava em condições para conseguir mascarar a devastação que sentia. Precisava afogar minhas mágoas em paz e não me preocupar com ninguém tentando falar comigo no bar.

Fechando a porta atrás de mim, caminhei até o minifrigobar, tirei uma garrafinha de Jack e bebi um longo gole. A sensação de queimação do álcool não foi nada comparada com a dor aguda que já sentia no peito. Quem diria que você podia realmente sentir seu coração partir? Sentei-me na beira da cama e, finalmente, soltei as emoções que estava sufocando. Meus ombros tremeram quando um soluço me envolveu.

Depois de algum tempo, fiquei de pé para me despir antes de rastejar sob as cobertas. Curvando-me de lado, as palavras de Aron de antes ecoaram em minha cabeça. *"Talvez tenha sido uma má ideia começar a namorar"*. Lágrimas escorreram pela minha bochecha até o travesseiro. A última vez que me lembrava de chorar foi quando eu era criança e meu avô tinha morrido. Minha mãe me abraçou e prometeu que tudo ficaria bem. Eu ansiava por esse tipo de conforto agora, que alguém me dissesse que ficaria bem sem Aron, mas não havia ninguém para oferecer um abraço ou palavras tranquilizadoras.

Fechei os olhos, física e emocionalmente exausto. Demorei um pouco antes de finalmente chorar até cair no sono.

Durante nosso voo de volta de St. Louis para Denver, passei a maior parte do tempo pesquisando opções de teste de paternidade, estudando os prós e os contras, e enviando a Jasmine um e-mail com o que havia encontrado.

Estávamos de volta a Denver para sete jogos, e eu não sabia se seria mais fácil lidar com as coisas em casa, ou pior, porque isso me lembrava como eu estava sozinho. Os últimos dias haviam se tornado um borrão, e passei pelos movimentos da vida cotidiana com uma nuvem escura descendo sobre mim e não conseguia me livrar dela. Tinha voltado a ser a pessoa fechada e quieta que era quando me juntei ao time pela primeira vez. Alguns dos meus colegas haviam me perguntado se estava tudo bem. Quando expliquei que havia alguma merda com a qual estava lidando, mas não elaborei, eles não sondaram mais.

Tínhamos acabado de terminar nosso primeiro jogo contra os Padres, e vi Aron comemorar nossa mais recente vitória com nossos companheiros de equipe. Ele estava recebendo vários *high fives*, em reconhecimento por seus dois *home runs*. Ele recebia aquela merda enquanto agarrava suas roupas e se dirigia para os chuveiros. Não parecia ter dificuldade para lidar com a nossa separação de maneira alguma, facilmente voltando ao tipo de cara arrogante e que vivia em festas, que ele era quando nos conhecemos pela primeira vez.

Nos últimos dias, houve momentos em que nossos olhares se encontraram, e eu tinha visto um lampejo de dor em seus olhos que combinava com a minha. Nunca deixamos aqueles olhares entre nós se prolongarem, ambos nos afastando rapidamente. Desde que me lembro, ansiava por ter uma família, e agora isso poderia ser a razão pela qual eu nunca mais seria feliz.

Parte de mim desejava poder voltar para a noite em sua casa e não lhe contar o que estava acontecendo com Jasmine. Talvez eu devesse ter esperado até ter a certeza de que seria pai. No fundo, porém, eu sabia que tinha que ser honesto com ele. Insisti sobre a importância da honestidade e de compartilhar detalhes importantes quando ele tinha ido para São Francisco sem falar comigo. Já havia fodido as coisas ao não lhe contar logo, e quando ele disse que podia se imaginar acordando comigo todas as manhãs depois de termos passado nossa primeira e única noite juntos, eu não tinha escolha a não ser contar o que estava acontecendo.

— Nós vamos para a Draft House. Quer vir? — Ellis me perguntou, de onde estava, na frente de seu armário.

Pela primeira vez nos últimos dias, não precisei inventar uma mentira para explicar por que não podia ir.

— Não, cara. Tenho algumas coisas para resolver.

Jasmine e eu devíamos conversar quando chegasse em casa para discutir as coisas. Eu não estava ansioso para ter essa conversa.

— Tudo bem. Você sabe onde nos encontrar se mudar de ideia.

Concordei com a cabeça e fui até o estacionamento do time para poder voltar ao meu condomínio. Além de alguns itens pessoais e roupas, meu carro tinha sido a única coisa que pedi ao meu agente para ser transportado de Nova York para Denver. Infelizmente, minha casa não parecia ser *minha*, cheia de móveis e decorações que eu não tinha ajudado a escolher. O time passou bastante tempo na estrada desde que me mudei para cá e eu não tinha tido tempo de deixá-la da maneira que queria. Mas, pior do que isso, sentia falta de ver Aron no sofá, sem camisa e assistindo ao SportsCenter. Eu daria tudo para limpar sua louça suja na pia. Moramos juntos por pouco tempo — e brigamos por boa parte dele — mas, meu Deus, eu sentia falta dele.

Peguei uma cerveja da geladeira e tirei a tampa antes de me arrastar para o sofá. Meu estômago se revirava a cada vez que tinha que lidar com a minha ex. Terminei a bebida, esperando que ajudasse a acalmar meus nervos, mas não o fez. Olhava para a tela do celular antes de me forçar a discar o número dela.

— Ei — ela saudou, soando suspeitosamente alegre.

As duas últimas conversas que tivemos haviam sido cheias de hostilidade, e fiquei imediatamente em alerta.

— Ei, você olhou as opções de teste que enviei?

Não valia a pena arrastar a conversa. Quando eu lhe disse que queria um teste de paternidade, ela ficou brava e disse que eu teria que procurar. Ela havia se recusado a se submeter a qualquer coisa invasiva, e eu não fazia ideia de por onde começar. Após horas de pesquisa, encontrei alguns lugares que exigiam que eu esfregasse a bochecha e que ela retirasse sangue.

— Drew, precisamos mesmo fazer tudo isso? — A leve lamúria na voz dela era irritante. — Sei que fiz besteira, mas não podemos simplesmente deixar isso para trás e ser uma família?

Esfreguei a mão no rosto e escolhi cuidadosamente as palavras.

— Não posso simplesmente seguir em frente e não estou pronto para fazer planos até ter certeza se o bebê é meu ou não.

Jasmine tinha me dado um ultimato sobre meu envolvimento, mas eu não podia deixar que suas tentativas de manipulação afetassem minhas decisões. Eu precisava de todos os fatos antes de decidir como seguir em frente.

— Beleza. Já que você vai ser um idiota sobre isso, farei o exame de sangue na minha consulta médica. — Aí estava a Jasmine cínica e irritante que eu estava esperando. — Irei dentro de algumas semanas. Você vai pagar pelo teste, certo?

NEGOCIADO

— Sim, vou pagar.

— Então acho que só volto a falar com você quando tivermos os resultados. — Mais uma vez, ela desligou antes que eu pudesse dizer mais alguma coisa.

A ideia de que eu poderia estar ligado a ela pelos próximos dezoito anos fez com que um peso se instalasse em meu estômago.

Um par de semanas se passaram. Aron e eu ficamos longe um do outro como se fôssemos inimigos mais uma vez. Eu odiava, mas não podia mudar nada.

Inclinado sobre o corrimão na frente de nosso *dugout*, observei como nosso fechador enfrentava o que se esperava que fosse seu último batedor. Ganharíamos a divisão Oeste da Liga Nacional e garantiríamos nossa vaga nas finais se vencêssemos o jogo. Eu tinha começado, lançando pela sétima entrada e permitindo que apenas um corredor marcasse ponto. Estávamos jogando em casa, e a empolgação no estádio estimulou nosso time. Havia algo especial em poder ganhar jogos importantes diante de nossa torcida em casa.

Littleton esperou pelo sinal de Barrett, tomou fôlego e atirou a bola direto para seu alvo. O batedor dos Marlins deveria ter esperado uma bola rápida, pois dirigiu a bola em direção ao campo direito. Aron estava jogando em direção ao centro, então tinha alguma distância a percorrer para fazer a jogada. Senti como se tudo estivesse acontecendo em câmera lenta enquanto via Aron mergulhar no último momento e fazer a captura.

Aqueles de nós que estavam no *dugout* correram para o campo onde se encontraram com os que já estavam lá. O rugido da multidão dificultou ouvir qualquer coisa enquanto comemorávamos nossa vitória, pulando para cima e para baixo e torcendo. Depois de alguns minutos, recebemos camisas e chapéus que nos declararam os vencedores de nossa divisão.

Finalmente, o time saiu do campo e nos deram óculos de proteção para usar antes de entrar no clube. No minuto em que passamos pela porta, champanhe começou a chover sobre todos nós. Foi a coisa mais legal da qual eu já havia feito parte. E, por alguns minutos, esqueci como minha vida era uma bagunça louca e aproveitei o momento.

Algumas horas depois, a comemoração tinha acabado, e alguns dos meus colegas de time e a maioria do pessoal de treinamento estavam indo embora. É claro que parte da equipe ainda estava animada demais e decidiu continuar a festa na Draft House.

— Rockland, não poderíamos ter ganho o jogo sem você. Você vem conosco. Sem desculpas — Matthewson gritou, do outro lado do cômodo.

Não me sentia tentado a dar uma desculpa para ir para casa. Nos últimos dois meses, gostei muito dos meus companheiros de time e queria sair com eles depois de tal conquista.

— Estarei lá — anunciei de volta.

Ao passarmos pelas portas do bar, aplausos irromperam dos clientes que estavam lá dentro. O pessoal tinha empurrado algumas mesas em antecipação à nossa chegada. Os dois novos integrantes do time quando expandimos nossa lista no início do mês trouxeram vários jarros de cerveja e pilhas de copos para nosso grupo.

Quando todos pegaram um copo, Santiago chamou a atenção dos presentes.

— Trabalhamos muito nesta temporada, e valeu a pena esta noite. — A multidão gritou concordando. — Parker, Ellis e Rockland, não tenho certeza se teríamos conseguido vencer a divisão se vocês não tivessem se juntado a nós no final de julho. Temos sorte em tê-los no time. Agora, bebam.

A noite passou rapidamente. Os fãs vieram nos parabenizar, e todos posamos alegremente para fotos e demos autógrafos, gargalhamos quando Matthewson e Santiago decidiram cantar juntos, embora fossem desafinados, quando *Roar*, de Katy Perry, tocou nos alto-falantes do bar. Então, quando a multidão começou a diminuir, algumas mulheres se dirigiram à nossa mesa.

Uma loira de pernas longas e cheia de curvas se dirigiu diretamente para Aron, que, de alguma forma, ao longo da noite, tinha acabado do meu lado da mesa. Evitei fazer contato visual ou falar com ele, mas, à medida que nosso grupo diminuiu, estava ficando mais difícil fingir que eu não o tinha notado ali.

Ela colocou a mão no antebraço dele, e o vi vacilar brevemente antes de olhar para baixo e sorrir para ela.

— Foi uma captura incrível lá fora esta noite.

Eu queria tirar a mão dela à força do braço dele. Não conseguiria vê-lo flertar com outra mulher na minha frente, mas também não queria ir

NEGOCIADO

177

embora e deixá-lo pensar que isso estava me incomodando. Nós tínhamos terminado e ele estava livre para fazer o que quisesse. Se continuássemos a jogar no mesmo time no próximo ano, teria que me acostumar a este tipo de situação.

Não importava o quanto isso me machucasse.

Voltei-me para Ellis, que estava conversando com Barrett, e juntei-me ao assunto deles. Tentei me concentrar nos dois, mas, de vez em quando, meus olhos voltavam para Aron. A loira, que eu tinha ouvido se apresentar como Tracy, parecia estar mais próxima dele do que da última vez que eu tinha olhado. Finalmente, o barman nos informou que a noite estava se encerrando, e fui para o bar com Barrett para pegar mais dois jarros de cerveja. Quando me virei, vi Aron dizer algo ao grupo enquanto colocava uma das mãos nas costas de Tracy e depois a conduzia para fora do bar.

A felicidade que eu sentia com a vitória rapidamente desapareceu, pois uma dor avassaladora se instalou em meu peito.

Aron levou uma mulher para casa, bem na minha frente.

CAPÍTULO 25

ARON

Foi um movimento sujo, eu sabia que sim, mas vi uma oportunidade e aproveitei, porque queria causar ciúmes em Drew.

— Está ficando tarde. Eu vou para casa. Boa sorte com os *playoffs*. Estarei torcendo por vocês — disse Tracy.

Meu olhar havia se mudado para Drew. Ele estava no bar com Barrett, mas eu sabia que tinha que tentar.

— Deixe-me acompanhá-la até o seu carro — sugeri. Ela estava no bar sozinha, e era o mínimo que eu podia fazer. Se quisesse mais de mim, eu seria capaz de recusar sem uma multidão por perto.

Tracy deu um sorriso grande e parte de mim se sentiu mal. Eu ia deixá-la com vontade no seu carro.

— Obrigada. Eu lhe agradeço.

— Vejo vocês mais tarde. — Pisquei como forma de despedida, depois coloquei a mão no dorso de Tracy. Eu tinha sentido os olhos de Drew em mim, mas não me virei para trás quando saímos pela porta.

Tracy estacionou o carro na rua, e assim que chegamos lá, esperei que ela abrisse a porta lateral do motorista.

— Você mora longe daqui? Eu posso levá-lo para casa — ofereceu.

Eu sorri, sabendo que ela queria voltar para casa comigo.

— Meu carro está em uma garagem alguns quarteirões mais adiante — menti. — Mas obrigado. Tenha uma boa noite, está bem?

Ela franziu um pouco a sobrancelha e depois acenou com a cabeça.

— Obrigada. Você também.

Eu me afastei quando ela ligou o carro e dirigiu para longe do bar. Eu não tinha carro em nenhuma garagem, porque ainda não tinham entregado ele em Denver, pois não sabia onde estaria após a temporada. Não havia motivo até que eu assinasse um novo contrato. Então, peguei meu celular, pedi um carro e voltei para o meu apartamento vazio... sozinho.

Quando cheguei em casa, tomei um banho rápido e depois rastejei até a cama. Peguei o celular, querendo dizer para Drew que não tinha ido para casa com a Tracy. Em vez disso, dei por mim procurando por fotos dele on-line — fotos que já havia olhado. Desta vez, queria encontrar o sobrenome de Jasmine. Nunca tive ciúmes de alguém antes, mas queria encontrá-la on-line. Para ver se tinha anunciado a gravidez e o que estava dizendo. Uma parte de mim achava que ela estava dizendo a Drew que era dele, porque sabia que ele ganhava bastante dinheiro.

A primeira foto dos dois tinha seu sobrenome, então comecei a *stalkear* na internet. Quanto mais eu procurava, mais a odiava. Ela era linda — mas também era a razão pela qual meu coração estava despedaçado. Se não fosse por ela, Drew e eu ainda estaríamos juntos.

Suponho que isso não fosse verdade. Eu não estava pronto para ter uma família e o havia afastado por causa disso. Drew tinha dormido com ela antes de começarmos a nos dar bem, então ela já estava grávida quando ficamos mais próximos. Era como se o universo estivesse me dizendo que ele não era para mim. Que, assim que abri meu coração e dei uma chance a um relacionamento, não era para ser.

Isso não me impediu de fuçar todos os sites e mídias sociais em que eu podia encontrar Jasmine. Encontrei inúmeras fotos de modelos, fotos dela e de amigos, *selfies*, o que quer que seja. E então encontrei uma que ela havia postado antes de começar a ligar para o Drew, afirmando que tentaria uma carreira de atriz. Talvez ela estivesse atuando o tempo todo. Talvez eu estivesse certo, e Drew não fosse o pai.

Não era como se eu pudesse ligar para ele e perguntar se o garoto era dele. Então, isso me fez pesquisar sobre testes de paternidade e merdas assim. Em algum momento da madrugada, percebi que talvez eu não tivesse problemas em ter uma família própria. As últimas semanas em que eu e Drew estivemos separados tinham sido difíceis. Voltar para casa para um apartamento vazio foi uma droga. Seria bom retornar e ter alguém que me amava e uma criança que pensava que eu era incrível.

Nunca quis ter uma família, porque não queria que tivessem que passar pelo mesmo que passei, caso eu, ou a mãe, alguma vez morresse, mas quais eram as chances de isso acontecer? De acordo com a internet, eu tinha três por cento de chance de ter um aneurisma cerebral, já que minha mãe morreu de um. Três por cento era um número grande? Acho que não.

Era tarde demais para dizer a Drew o que eu sentia na esperança de que ele quisesse construir uma família comigo? Em poucas palavras, ele havia me dito que estava pensando em voltar com Jasmine se o bebê fosse dele. Será que ele me escolheria em vez dela?

Depois de procurar pela internet inteira, eu mal conseguia manter os olhos abertos. Conectei meu celular no carregador e o coloquei na mesa de cabeceira, desliguei a luz e deitei na cama. Mesmo estando cansado, não conseguia deixar de pensar.

Eu sabia que amava Drew Rockland, mas não sabia se ele me amava também.

E isso doía ainda mais.

Era hora de agir. Os *playoffs* estavam chegando.

Conseguimos obter a vantagem de jogar em casa as quartas de final, e meu pai estava voando para os dois jogos que tínhamos antes de ir a Chicago para o jogo — ou jogos — lá. Não era o meu primeiro jogo de *playoff*, mas o nervosismo ainda estava em alta.

> Pai: O avião acabou de pousar.

Meu pai ficaria comigo em meu apartamento de dois quartos enquanto estava em Denver. Ele já tinha feito isso antes quando eu estava com os Cardinals, e nós tínhamos chegado às finais. Ele também me veria jogando em cada partida.

Antes que eu pudesse responder, recebi outra mensagem.

> Matthewson: Não se esqueça do jantar do time amanhã. 19h. Traga sua família.

Ele deu o endereço do restaurante, e hesitei em responder. Um jantar do time significava que meu pai se encontraria com Drew. Não era mais como se eu tivesse que esconder meu relacionamento com ele, porque não havia nenhum, mas será que estava na hora de dizer ao meu pai que tive um relacionamento com um homem? Não demorava anos para que as pessoas finalmente saíssem do armário? Eu não estava pronto, mas, ao mesmo tempo, queria enrolar meu braço nos ombros de Drew e dizer ao meu pai que aquele era meu namorado.

Só que ele não era meu namorado.

Sabia que os caras adorariam ter meu pai no jantar, porque ele era uma lenda, então respondi Matthewson dizendo que estaríamos lá.

—■—

— Parece que amanhã vamos sair para o café da manhã e almoço — meu pai disse, ficando de pé e olhando para dentro da minha geladeira. Quando chegou em minha casa, tomou um banho e depois entrou na sala de estar para relaxar.

Dei de ombros e tomei um gole da minha cerveja.

— Não tenho saído muito, então comi o que estava aqui. Não fiz compras, porque logo volto para a estrada.

— Faz sentido. — Ele veio e se sentou na outra ponta do sofá, tomando um gole de sua cerveja. — Por que você não está festejando como costumava fazer? Não está mais vibrando com o time?

Algo parecido com isso.

— Não. — Neguei também com a cabeça. — Às vezes saio, mas, na maioria das vezes, estou cansado e quero apenas voltar para casa e relaxar.

Meu pai abriu um sorriso.

— O quê? — questionei.

— Meu garoto, parece que você está crescendo.

Ou tive meu coração partido em um milhão de pedaços. A mesma coisa.

Dei gargalhada anasalada.

— Acho que estou.

— Isso é bom. — Ele se inclinou para frente e colocou a garrafa de Coors sobre a mesa de café. — Tenho algo para lhe dizer.

— Oh? — Levantei uma sobrancelha.

— Há rumores de que os Giants podem fazer uma proposta por você quando terminar a temporada.

Meus olhos se alargaram, e perdi o fôlego.

— Sério?

Meu pai sorriu.

— Você sabe que não posso confirmar nada, mas já falei com algumas pessoas e a notícia correu por São Francisco.

Era possível que eu finalmente fosse ser um Giant como meu pai?

— Mas você sabe que os Giants não são um time arrogante — meu pai continuou, com um olhar severo.

— Eu sei. — Concordei com a cabeça.

— Você ficou melhor quando se juntou aos Rockies, mas, nas últimas semanas, eu vi essa arrogância voltar.

Eu queria dizer a ele por que ela tinha voltado. Quando estava com Drew, não sentia que tinha que ter algum tipo de alter ego no campo. Eu não sabia por que, mas parei de me exibir. Apenas ia e arremessava da melhor forma que podia. Depois que nos separamos, comecei a fazer isso novamente, porque sabia que o irritaria me ver agir dessa maneira. Foi uma tolice e uma imaturidade, e ele não merecia isso de mim, porque a separação não foi culpa dele, mas essa era a única maneira que eu podia agir sem me desfazer.

— Farei tudo o que for preciso para que eles ainda se interessem quando as negociações começarem, no inverno.

Pelo menos, se eu assinasse com São Francisco, não estaria no mesmo time que Drew, e não teria que vê-lo com sua família perfeita todos os dias.

NEGOCIADO

CAPÍTULO 26

DREW

O cheiro de bacon e café me despertou de outro sonho estrelado por Aron. Tinha se tornado normal que imagens dele enchessem minha mente toda vez que eu fechava os olhos. Não conseguia parar de pensar nele, quer estivesse acordado ou dormindo. Às vezes, ainda estávamos juntos em meus sonhos, vivendo em nossa própria bolha feliz. Outras, como aquela de onde eu havia acordado, me obrigavam a vê-lo seguir em frente com a loira do bar. Mesmo aqueles em que estávamos juntos não me confortavam, porque, quando eu abria os olhos, a realidade de que tínhamos terminado me atingia como uma tonelada de tijolos. A verdade é que eu o teria escolhido em vez de Jasmine, dada a oportunidade. Fiquei preso jogando de acordo com as regras dela até descobrir se o bebê era meu ou não. Mas queria tentar fazer com que as coisas funcionassem com Aron.

Tropecei na cozinha e vi minha mãe de pé no fogão. Tê-la na cidade para nossos jogos de *playoff* estava me ajudando de muitas maneiras. Com seu comportamento alegre e amor incondicional, ela já estava acalmando uma dor da qual eu estava convencido de que jamais me recuperaria totalmente. No mínimo, ela proporcionou uma distração que eu precisava desesperadamente para não ficar sentado em casa, lamentando sozinho.

Parei ao seu lado, coloquei um braço em volta de seus ombros e beijei o topo de sua cabeça.

— Bom dia.

— Olá, querido. Sente-se, que lhe trago um prato.

Enquanto crescia, minha mãe muitas vezes trabalhava em longos turnos para conseguir pagar as contas. Como resultado, se sentar para comer juntos não acontecia com muita frequência. Entretanto, nunca sentia ter perdido nenhum tempo em família. Compreendi desde jovem que ela estava se esforçando ao máximo para me dar todas as oportunidades que podia. Mas como havia se aposentado e não tinha mais o peso de ser mãe solo nos ombros, ela se revelou nas pequenas coisas, como compartilharmos uma refeição e passarmos o máximo de tempo possível juntos quando ela visitava.

— Deixe-me tomar um café primeiro. — Servi uma xícara para cada um e as levei para a mesa que já estava posta com utensílios e guardanapos. Ela me seguiu com dois pratos. O meu estava empilhado com ovos, bacon e suas panquecas especiais com morangos, enquanto o dela tinha uma porção menor.

— Isto parece delicioso. Obrigado.

Minha mãe se sentou do meu lado, enquanto eu tomava o melhor café da manhã que já tinha provado em um longo tempo. Após alguns minutos, olhei para cima e a vi me observando de perto, não comendo nada de seu prato.

— O que foi? — perguntei, com a boca cheia de ovos mexidos.

— Está tudo bem? Você não se parece o mesmo desde que cheguei.

Eu havia tentado ao máximo agir como se não tivesse nada de errado, mas a peguei olhando para mim algumas vezes com linhas de preocupação gravadas no rosto. Eu tinha certeza que ela suspeitava que algo estava acontecendo e eu devia, provavelmente, ter me preparado para suas perguntas.

— Apenas concentrado nos *playoffs* — menti, olhando para o meu prato.

— Não me venha com essas desculpas esfarrapadas — repreendeu. Prendi um riso. Minha mãe nunca xingava e ficaria chocada com as coisas ditas em um vestiário. — Sei quando algo está te incomodando.

Isso era verdade. Eu nunca tinha sido bom em esconder coisas dela. Isso não me beneficiou quando criança, mas eu apreciava quão forte era nosso vínculo. Por isso, pareceu errado não contar a ela o que estava acontecendo com Jasmine. Minha mãe era a única pessoa a quem eu sempre podia recorrer.

Limpei a boca com um guardanapo, tirando um momento para organizar os pensamentos antes de respirar fundo.

— Jasmine está grávida.

Suas sobrancelhas se levantaram de surpresa.

— Grávida? Pensei que vocês tinham terminado?

— Nós terminamos. Ela descobriu depois que nos separamos, e me ligou há algumas semanas...

NEGOCIADO

— Há algumas semanas? Andrew Hunter Rockland, você está dizendo que ficou sabendo que vai ser pai há semanas e só está me dizendo agora?

Maldição. Ela disse meu nome do meio e parecia que eu estava em apuros.

— Não sei se é meu — murmurei, os olhos focados na comida.

— Oh…

— Eu a peguei me traindo, e essa é a razão pela qual nós terminamos. Ela diz que o bebê é meu, mas tenho minhas dúvidas.

— O que você vai fazer?

— Pedi um teste de paternidade e encontrei um que ela pode fazer durante o primeiro trimestre. Já enviei minha amostra de DNA e estou apenas esperando por ela.

Minha mãe sempre esperou que eu me comprometesse com alguém e lhe desse netos, mas nunca pensei que seria assim.

— Qual é o plano se for o seu?

— Jasmine quer que voltemos a ficar juntos e criemos o bebê como uma família.

Ela atravessou a mesa e agarrou minha mão.

— E o que você quer?

Saber a dor da minha mãe quando meu pai partiu me fez sentir como um completo idiota pelo que eu estava prestes a dizer a ela, mas precisava ser honesto. Não só com ela, mas comigo mesmo.

— Não quero ficar com ela. A verdade é que eu estava saindo com outra pessoa quando soube. Alguém por quem estava me apaixonando. — Minha voz falhou ao começar a falar sobre Aron. — Mas nos separamos. Acontece que queríamos coisas diferentes e, mesmo não estando mais juntos, não posso voltar para Jasmine, não depois de ter aprendido como é a verdadeira felicidade. Quero cuidar do bebê se ele for meu, mas não posso fingir ser uma família feliz. — Uma lágrima escorreu pelo meu rosto e tentei limpá-la, porém mais lágrimas continuaram caindo.

Ela ficou de pé e caminhou para o meu lado da mesa, enrolando seus braços macios ao meu redor.

— Oh, querido. Lamento muito.

— Você não está brava? — perguntei, e ela continuou a me abraçar. — Porque, se eu escolher não estar com Jasmine, isso não faz com que eu seja igual ao meu pai?

Ela me agarrou nos ombros e me encarou diretamente nos olhos.

— Agora, me escute. Você não é nada parecido com seu pai. Você não está abandonando Jasmine e seu filho como ele abandonou. Está escolhendo ser pai, mesmo não estando em uma relação com ela. Tudo bem. Você não precisa estar com a mãe de seu filho para ser um pai incrível.

As palavras dela eram exatamente o que eu precisava ouvir. Sabia, em meu coração, que jamais poderia voltar para Jasmine. Mesmo se Aron nunca mais quisesse estar comigo, eu não poderia superar o fato de ter sido enganado. Ela quebrou nosso relacionamento, e eu não estava interessado em tentar consertá-lo.

— Obrigado.

— Não importa o que aconteça, estou aqui por você. Eu te amo.

— Eu também te amo, mãe.

Ela voltou para o seu lado da mesa e se sentou.

— E Drew?

— Sim?

— Não vou pressionar agora, porque sei que você está passando por um momento difícil. Mas não pense que não te ouvi dizer que estava se apaixonando. Quando estiver pronto, falaremos sobre isso também.

Sorri para ela. Foi bom saber que ela não me forçaria a falar sobre a pessoa que havia partido meu coração.

— Tudo bem — respondi, e voltei a tomar meu café da manhã. Não tinha certeza se alguma vez estaria pronto para ter aquela conversa.

Naquela noite, fomos ao jantar do time no Ace's Steakhouse. Meu estômago estava se revirando, e não tinha certeza se era porque estava entusiasmado com a possibilidade de ver Aron ou se estava nervoso. Tinham passado cinco dias desde que ganhamos a divisão, e eu só tinha visto Aron uma vez de passagem depois de vê-lo sair do bar com Tracy. Ainda tínhamos exercícios com o time, mas ele estava ocupado com os jogadores de campo, e eu trabalhava com a equipe de arremessos, o que significava que raramente nos cruzávamos.

O time havia reservado o restaurante inteiro para o nosso evento. Quando entramos, já havia um mar de gente misturada. O jantar não era obrigatório, mas, a julgar pelo tamanho da multidão, boa parte do time

NEGOCIADO

tinha decidido comparecer. Estendi meu braço para minha mãe e a levei em direção a Raineri e Barrett, conversando perto do bar.

Raineri estendeu sua mão para apertar a minha.

— Ei, cara, estou feliz que pôde se juntar a nós.

— Mãe, gostaria que conhecesse Dave Raineri, nosso treinador de lançamento, e Todd Barrett, nosso receptor titular. Esta é minha mãe, Francine.

Barrett nos apresentou a Megan, uma mulher com quem acabou de começar a namorar. Ela pareceu simpática, se não um pouco sobrecarregada com o grande número de pessoas que estava conhecendo. Nós cinco continuamos a conversar, mas meus olhos não paravam de me trair, procurando por Aron. Ele não era difícil de encontrar. Havia um grande grupo em torno dele e de seu pai. Mesmo em uma multidão de atletas profissionais, era difícil não ficar um pouco maravilhado na presença de Joel Parker.

Quando chegou o anúncio de que era hora de tomar nossos lugares para o jantar, nosso grupo encontrou uma mesa vazia perto do meio da sala. Vi Schmitt andar na minha direção com Parker e seu pai atrás. Virei-me para falar com minha mãe, esperando não chamar atenção para mim ou para o fato de que havia quatro assentos vazios em nossa mesa. Não havia como Aron se sentar com nosso grupo.

Mas parecia que eu não tinha tanta sorte.

Schmitt parou ao lado da minha cadeira e perguntou:

— Estes assentos estão ocupados?

— Não. Eles são todos seus, Skip — Barrett respondeu.

Enquanto o grupo tomava seus lugares, eu estava preparado para fazer apresentações, mas o pai de Aron me venceu.

— Olá, eu sou Joel Parker, pai de Aron. — Ele sorriu, se dirigindo à minha mãe.

— É um prazer conhecê-lo. Eu sou Francine, a mãe de Drew. Quem teria pensado há alguns meses que estaríamos todos aqui sentados juntos compartilhando uma refeição?

— Francine, que lindo nome — o senhor Parker disse, fazendo as bochechas de minha mãe ficarem um pouco rosadas. — E sim, parece que nossos meninos tiveram um começo um pouco difícil antes da negociação.

— Não posso dizer que gostei de ver os dois brigando em campo, mas parece que deu tudo certo, não é mesmo?

Ele riu.

— Eu diria que sim. Eles são definitivamente melhores como companheiros de time do que como adversários.

Arrisquei uma espiadinha para Aron e, quando nossos olhos se encontraram, ele me piscou. Encarei-o, desprevenido, porque ele me deu aquela piscadinha — aquela que eu estava sentindo falta nas últimas semanas.

— Você está pronto para amanhã? — Schmitt perguntou, tirando minha atenção do Aron, e os garçons colocaram nossas refeições sobre a mesa.

— Absolutamente.

— Como você bem sabe, eu tinha minhas preocupações sobre a negociação — começou, e concordei, curioso para ver onde ele iria com sua declaração. — Mas eu não poderia estar mais feliz por tê-lo trazido. Você excedeu em muito nossas expectativas.

Eu tinha jogado para um punhado de técnicos em minha carreira, e jogar para um que era transparente com seus elogios aos jogadores fez um mundo de diferença no clube.

— Obrigado, senhor. Eu realmente agradeço. Sinto que é aqui que eu deveria estar.

Minha vida pode estar uma droga naquele momento, mas ainda me sentia grato pela mudança para Denver. Nunca poderia me arrepender da razão pela qual Aron havia se tornado parte de minha vida.

Todos à mesa caíram em conversas fáceis, especialmente minha mãe e o pai de Aron. De alguma forma, eles tinham começado a falar sobre São Francisco.

— Sempre quis visitar a Califórnia — minha mãe admitiu.

O senhor Parker sorriu para ela.

— Bem, se você for para São Francisco, ficarei feliz em lhe mostrar a cidade.

Minha mãe tomou um gole de vinho e depois devolveu o sorriso dele com um dos seus.

— Talvez eu tenha que aceitar a oferta.

Que porra é essa? Minha mãe estava mesmo flertando com Joel Parker?

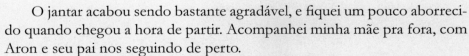

O jantar acabou sendo bastante agradável, e fiquei um pouco aborrecido quando chegou a hora de partir. Acompanhei minha mãe pra fora, com Aron e seu pai nos seguindo de perto.

— Foi um prazer conhecê-la, Francine — disse o senhor Parker, gentilmente apertando a mão de minha mãe.

— Você também — respondeu. — Talvez eu te veja no jogo amanhã.
— Isso seria ótimo. — Ele piscou para ela.

A piscadinha era algum tipo de traço da família Parker? Olhei para Aron, que estava focado em seu pai, e me perguntei se ele estava tão surpreso com a interação de nossos pais quanto eu.

— Nos vemos amanhã — suspirei, dirigindo minha mãe, que agora estava corada, para a garagem de estacionamento. Os dois flertando não era algo que eu precisava presenciar.

Se não estava enganado, ouvi Aron rir enquanto nos afastávamos.

— Bem, ele parecia simpático — minha mãe disse, uma vez que estávamos dentro do carro.

Soltei um suspiro.

— Aqueles homens Parker não são nada além de problemas.

— Oh?

Porra, eu tinha falado demais.

— Aron é um mulherengo. Acho que o pai dele também.

Eu não sabia se isso era verdade. Aron nunca falou sobre seu pai namorar depois que sua mãe morreu. Mas a última coisa que eu precisava era que minha mãe se aproximasse de qualquer um dos homens Parker.

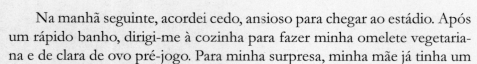

Na manhã seguinte, acordei cedo, ansioso para chegar ao estádio. Após um rápido banho, dirigi-me à cozinha para fazer minha omelete vegetariana e de clara de ovo pré-jogo. Para minha surpresa, minha mãe já tinha um prato esperando por mim.

— Bom dia. Pensei em te poupar algum tempo fazendo o café da manhã. Presumo que você ainda coma uma omelete antes de começar...

— Eu como. — Sorri. — Obrigado.

Sentei-me na ilha na cozinha e ela se encostou ao balcão, bebendo o café.

— Você tem algum plano antes do jogo? — perguntei.

— Na verdade, não. Acho que vou chegar cedo e encontrar um lugar para jantar. Caso contrário, pretendo relaxar e talvez ler um livro.

— Isso soa bem. Vou pedir um carro para te buscar por volta das quatro, ok?

Ela acenou com a cabeça.

— Isso seria perfeito. Obrigada. Mal posso esperar para vê-lo lançar hoje à noite. Como você está tão calmo e tranquilo?

Eu ri.

— Definitivamente não me sinto calmo. Vou para o campo cedo para tentar queimar um pouco da adrenalina.

— Bem, não me deixe te atrasar. Quando terminar, deixe seu prato lá. Vou tomar um banho e depois limpar a cozinha.

Neguei com a cabeça. Será que eu conseguiria pensar em pratos sujos sem associar ao Aron?

Quando entrei no vestiário, ficou claro que eu não era o único que decidiu aparecer mais cedo. Pelo menos setenta e cinco por cento do time já estava lá. Alguns dos caras estavam conversando, outros jogavam videogames ou ouviam música. Larguei a mochila no armário e vesti a roupa de ginástica para ir à sala de musculação para uma corrida.

Mais alguns dos meus colegas de equipe estavam dentro do ginásio, levantando pesos ou fazendo um pouco de cardio. Pulei em uma das esteiras livres e a preparei para uma aceleração que não era muito cansativa, mas que faria meu ritmo cardíaco subir.

O tempo passou e, antes que eu percebesse, estávamos no campo ouvindo o Hino Nacional e vendo um grupo de aviões de caça sobrevoando o estádio. A multidão estava barulhenta, e eu e meus companheiros fomos aplaudidos ao entrarmos em campo. Peguei o saco de resina para secar as mãos e comecei a aquecer. Ser o arremessador titular para um jogo de playoff era algo com que eu sonhara durante toda a minha carreira e estava pronto para isso.

De pé no campo, levei um segundo para sentir o momento. Era o topo da sétima entrada, e era mais que provável que eu estivesse enfrentando

NEGOCIADO

meus últimos três batedores. Raineri estava de olho na contagem de rebatidas para os iniciantes, querendo garantir que nos mantivéssemos saudáveis durante o resto da pós-temporada. O rugido da multidão era quase ensurdecedor, e os torcedores tinham me alimentado a noite toda.

Estávamos vencendo os Cubs em 6-1, principalmente graças a um grande golpe de Aron na quinta, e eu queria manter a liderança. O primeiro batedor da entrada foi derrubado com um rápido *strikeout* de três lances. O próximo bateu uma bola no chão para Santiago em segundo para uma jogada fácil para o primeiro. Observei enquanto o terceiro batedor entrava na caixa e ficava em sua posição. Ele era um potente rebatedor e o único jogador dos Cubs a fazer um *home run* até agora.

Barrett fez o sinal para uma bola curva, e acenei com a cabeça. O arremesso atingiu seu alvo, e o árbitro chamou um *strike*. O lançamento seguinte foi uma bola rápida, e o batedor atingiu na falta, dando-lhe dois strikes. Barrett sinalizou para o mesmo arremesso novamente, mas o cara deveria ter esperado por isso, porque mandou a bola para o campo direito. Vi Aron correr em sua direção e suspirei em alívio quando ele parou sem a pista de advertência e fez a captura.

Como era de praxe, parei a alguns passos do banco de reservas, para poder esperar por Aron e agradecer-lhe pela assistência. Enquanto ele passava por mim, bati em seu traseiro com a luva, sem parecer estranho, já que era um comportamento típico no beisebol.

— Bela pegada.

Ele sorriu para mim.

— Você jogou bem, Rockland.

Foram as primeiras palavras que tínhamos trocado um com o outro no que parecia ser uma eternidade, e nem me importei que ele me chamasse de Rockland. Queria poder ficar lá e continuar conversando, mas isso não era possível. Então, em vez disso, dei um aceno para a multidão, que me aplaudia de pé, e entrei no *dugout*. Meus companheiros de time estavam alinhados, dando mais tapas na bunda e *high fives*. Pela primeira vez em semanas, senti um sorriso genuíno no meu rosto.

Acabamos ganhando por 7-2, que era exatamente como queríamos começar os *playoffs*. Depois de tomar banho e me vestir, fui para o camarote da família para encontrar minha mãe. Entrei no grande espaço cheio de sofás, televisores e mesas cheias de comida que rivalizavam com a nossa própria distribuição no clube, e finalmente encontrei minha mãe sentada em um sofá no canto da sala, conversando com Joel Parker. Aron tinha entrado no chuveiro quando saí do vestiário, então eu sabia que seria pelo menos mais quinze minutos antes que ele viesse à procura de seu pai.

Atravessei o cômodo e limpei a garganta, tentando chamar a atenção dela. Quando olhou para cima, eu sorri, deixando-a saber que notei o que ela estava fazendo.

— Pronta para ir?

O senhor Parker levantou-se e estendeu a mão.

— Foi um grande jogo. Belos arremessos lá fora.

— Obrigado. — Apertei a mão dele.

Ele se virou para ajudar minha mãe a ficar de pé, e tentei ignorar a mão que colocou nas costas dela, bem como o rubor vermelho que manchava suas bochechas.

Fizemos nossas despedidas antes de caminhar até o estacionamento do time, minha mãe com um enorme sorriso no rosto durante todo o caminho.

— Parece que você se divertiu esta noite — comentei, segurando a porta do carro aberta para ela.

Ela acenou com a cabeça e não tentou mascarar sua felicidade.

— Eu me diverti sim.

Assim que ela se instalou, fechei a porta e caminhei até o lado do motorista.

— Você ao menos assistiu ao jogo? — brinquei, apertando o cinto de segurança.

Ela me deu uma bofetada no ombro.

— Claro que sim, bobão. Você fez um trabalho incrível lá fora. Estou tão orgulhosa de você.

Mesmo aos trinta e três anos de idade, ouvir minha mãe dizer que estava orgulhosa de mim me fez sorrir durante o resto da viagem. Quando chegamos em casa, caminhei até a cozinha e peguei duas garrafas de água antes de me juntar a ela no sofá.

Ela se virou, então estava de frente para mim, e soltou:

— Você sabe que eu te amo, certo?

Franzi a testa.

— Sim, mãe. Eu sei.

— Então também sabe que, não importa o que aconteça, quero que seja feliz. Sei que eu disse que não pressionaria, e ainda não o farei, mas posso dizer que você não está feliz. Se tivesse que adivinhar, diria que tem

NEGOCIADO

a ver com a pessoa que você mencionou no outro dia. Aquela por quem contou que estava se apaixonando.

Não passou despercebido por mim que ela disse pessoa e não mulher. Era possível que ela suspeitasse que eu estivesse namorando um homem?

— É complicado.

Ela me deu um sorriso triste.

— O amor nem sempre é fácil, querido. Mas vale a pena lutar por ele.

Respirei fundo.

— Você está certa. Só preciso resolver algumas coisas primeiro.

— Sei que precisa. Só saiba que sempre te apoiarei e te amarei.

Ela me deu um beijo rápido na bochecha e foi para o quarto de hóspedes, me deixando sem pensar em nada, exceto em Aron. Realmente acreditei em minha mãe quando ela disse que me apoiaria. Sua aceitação foi menos uma coisa com a qual eu precisava me preocupar se, de alguma forma, conseguisse convencer Aron a nos dar outra chance.

Estávamos jogando o terceiro jogo de nossa série contra os Cubs em Chicago. Vencemos dois jogos a zero e tivemos a chance de sair sem sermos derrotados. Claro, nenhum de nós disse isso em voz alta, com medo de dar azar no jogo.

O placar estava mais próximo do que nos dois jogos anteriores, mas ainda estávamos vencendo por 3-1 na quinta. Aron tinha rebatido duas vezes e, em ambas, fez um *home run*.

Enquanto o via fazer alguns cortes no círculo *on-deck*, me perguntava se ele conseguiria fazer novamente. O arremessador dos Cubs tinha partido para a ofensiva durante a última oportunidade no bastão de Aron, porque ele viu seu *home run* passar por cima da cerca em vez de correr as bases a uma velocidade que o arremessador achava aceitável. Se ao menos o arremessador percebesse que isso era fácil para Aron. Ele não se exibia mais como quando o enfrentei pela primeira vez, mas o arremessador tinha gritado quando ele circulou a primeira base e, é claro, Aron falou merda de volta. O time todo estava esperando apreensivo para ver como seria o próximo lançamento.

Holmes desenhou uma caminhada, e o time assistiu Aron entrar na caixa do batedor. O primeiro lançamento foi baixo e dentro; o árbitro contou uma bola. O arremesso seguinte passou por Aron. Pensei que também estava dentro, mas o árbitro contou como ataque. Com um olhar para a primeira base para garantir que Matthewson não tentasse roubar, o arremessador jogou sua próxima bola e, do meu ponto de vista, parecia muito alto e muito para dentro.

Ouvi a bola atingir o lado do capacete de Aron e o observei, com os olhos bem arregalados, cair no chão. Meu coração pulou uma batida, e agarrei o corrimão do *dugout* com força suficiente para que meus nós dos dedos ficassem brancos.

O estádio ficou silencioso, e minha garganta se apertou ao observar o homem que amava não se levantar.

CAPÍTULO 27

ARON

No momento em que o lançamento deixou a mão do arremessador, eu sabia que a bola rápida estava vindo direto para a minha cabeça. Eu não seria rápido o suficiente nos 28 segundos que levava para ela vir até mim para me desviar. Preparei-me para o impacto, porque sabia que estava fodido.

No momento em que a bola dura bateu no meu capacete, senti como se tivesse sido levado um soco na lateral da cabeça, como se tivesse uma bola de boliche esmagando meu crânio. O zumbido nos meus ouvidos não parava enquanto agarrava a cabeça e me agachava em agonia, de joelhos.

Deitado de costas, olhava para o céu escuro. Seria este o céu? Disseram que havia arcos dourados e pessoas nuas prontas para nos servir uvas.

Tudo que vi foi escuridão.

— Parker! — alguém gritou.

Abri os olhos apenas para ver um borrão acima de mim. Não conseguia me concentrar.

— Parker. Fale comigo.

Eu não conseguia falar.

Não conseguia pensar.

O zumbido estava muito alto.

— Você consegue seguir os meus dedos? — Algo se movia na frente dos meus olhos, mas não consegui me concentrar.

— Uma das pupilas dele está dilatada. Ele precisa de uma tomografia.

Uma tomografia? Mas os playoffs...

Braços me colocaram em uma maca e tentei procurar o meu time, mas minha visão estava desfocada, e doía mover a cabeça. Fechei os olhos e, alguns momentos depois, fui colocado no que assumi ser uma ambulância, mas não consegui abrir os olhos, porque o zumbido foi substituído por um golpe no meu crânio.

Eu ia vomitar.

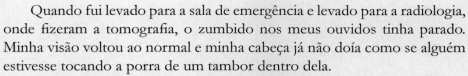

Quando fui levado para a sala de emergência e levado para a radiologia, onde fizeram a tomografia, o zumbido nos meus ouvidos tinha parado. Minha visão voltou ao normal e minha cabeça já não doía como se alguém estivesse tocando a porra de um tambor dentro dela.

Recebi meu próprio quarto para me recuperar e esperar pelos resultados da tomografia, e procurei o jogo na TV, mas já estava na cobertura pós-jogo.

Os Rockies tinham varrido o chão com os Cubs.

Eu estava feliz pra caralho, porque, não só tínhamos ganhado, mas avançaríamos para a próxima rodada. Tinha a sensação de que jogaríamos contra os Giants a seguir, e não tinha certeza de como meu pai se sentiria em relação a isso.

— Senhor Parker. Eu lhe trouxe algo para comer. — Virei meu olhar da TV para ver uma enfermeira entrando com uma bandeja. — Era a última, mas separei para você.

— Obrigado. — Sorri calorosamente. Estava morrendo de fome.

— Você não deveria estar vendo TV.

Como era o pós-jogo, desliguei a tela.

— Tudo bem.

Ela moveu a mesa da cama para o meu colo e colocou a bandeja de comida na minha frente; em seguida, levantou a cúpula de metal.

— Espero que goste de frango.

— Eu poderia comer até um cavalo. — Agarrei o garfo.

A enfermeira riu.

— Isso significa que você está se sentindo melhor?

— A dor de cabeça se foi, a visão parece perfeita, e não parece que alguém está soprando um apito de cachorro no meu ouvido.

— Isso é maravilhoso — disse a senhora idosa, servindo-me um copo de água. — Devemos ter os resultados em breve. Parece que você só tem uma leve concussão, e em breve será liberado.

Meu pai entrou na sala.

— Desculpe. Gostaria de ter chegado aqui mais cedo. Quando encontrei alguém para me dizer para qual hospital você foi levado, peguei um táxi...

— Está tudo bem. Estamos apenas aguardando os resultados da tomografia.

— Voltarei em alguns minutos para ver como você está — disse a enfermeira. — Use o botão de chamada se precisar de alguma coisa.

Meu pai olhou para a comida branca na minha bandeja.

— Quer que eu lhe traga algo melhor para comer? Como está sua cabeça? Como está a sua visão? — Tocou minha cabeça como se pudesse dizer se ainda estava doendo.

— Eu estou bem.

— Você me deu um belo susto — admitiu.

— Tenho certeza que vi Deus — brinquei. — Mas não tinha mulheres nuas nos portões perolados.

— Ser atingido na cabeça com uma bola rápida não é algo para brincar, filho. Você poderia ter morrido.

— A bola rápida de Waterford mal alcança 90 quilômetros por hora — continuei a brincar. Coloquei um pedaço do frango seco na boca. Estava horrível.

— Francine estava...

— Francine? A mãe do Drew, Francine?

Não tinha certeza se meu pai notou que usei o primeiro nome de Drew em vez de seu sobrenome — geralmente os jogadores se referiam um ao outro pelo sobrenome —, mas ele continuou como se não tivesse notado meu deslize.

Concordando com a cabeça, sentou na cadeira ao lado da cama.

— Ela...

— Você viu a mãe dele?

— Estávamos sentados um ao lado do outro no jogo.

— Certo — soltei.

— De qualquer forma, ela era enfermeira, e você a assustou bastante. Ela está no fim do corredor e...

— Ela veio com você?

— Como o filho dela não estava arremessando, e minha cabeça não estava muito clara... — começou, e não precisei pedir que continuasse falando. Eu sabia o que ele estava pensando. Minha mãe tinha morrido de um ferimento no cérebro, e o fato de eu ter sido atingido na cabeça poderia ter causado problemas semelhantes.

Depois que minha mãe morreu, fui testado e liberado para qualquer aneurisma, porque alguns eram hereditários. Se eu tivesse um, ser atingido com uma bola rápida seria potencialmente mortal. Mas me disseram que não havia nada nos exames na época e tive esperanças de que não houvesse nada no exame agora, já que a minha dor de cabeça e tudo mais tinha desaparecido.

— Você se importa se ela entrar? — meu pai finalmente perguntou.

— Não.

Drew sabia que sua mãe estava no hospital para me ver? Que veio com o meu pai? Tinha algo a mais entre a mãe dele e meu pai, ou ela estava sendo apenas uma amiga preocupada?

Meu pai deixou o meu quarto e empurrei a bandeja para fora do caminho. Não comeria aquela merda desagradável, por mais faminto que estivesse. Encarei as luzes fluorescentes, sem ter mais nada para olhar.

— Como está a cabeça?

Virei a cabeça e vi Matthewson e alguns dos outros caras entrando no meu quarto. Drew estava com eles? Sorri para o grupo.

— Ótimo. Só esperando os resultados da tomografia.

— Queríamos passar por aqui e ver como você estava — Santiago revelou.

— Pensei que todos vocês estariam celebrando a vitória — admiti.

— Vamos fazer isso quando sairmos daqui — contou Fowler. — Mas queríamos checar você primeiro.

— Obrigado. — Eu sorri.

— O motorista do ônibus nos deu trinta minutos — afirmou Barrett.

Olhei para além do grupo e vi Drew de pé no corredor, com as mãos nos bolsos de seu jeans. Ele fazia parte de nosso pequeno grupo — mesmo que nem sempre saísse conosco —, mas eu sabia que ficaria na parte de trás.

— Cavalheiros — um médico os saudou, entrando no quarto. — Bela vitória hoje à noite.

— Você assistiu ao jogo? — perguntou Matthewson.

— Apenas o final. Sou um fã fiel dos Cubs, então meu coração está um pouco esmagado no momento.

— Não descarregue essa merda no nosso cara — avisou Santiago.

O médico grunhiu uma gargalhada.

— Nem pensar. Tenho os resultados da sua tomografia. Se nós...

NEGOCIADO

— Pode dizer isso na frente de todos. Eles vão acabar descobrindo — respondi à sua pergunta silenciosa.

— Ótimo. Bem, boas notícias. Sua tomografia estava livre de qualquer sinal de concussão.

Todos deram um suspiro de alívio, e notei que mais pessoas se reuniram em torno da porta do meu quarto, incluindo meu pai, Schmitt, Campbell, Drew, e sua mãe.

— Vou agilizar os seus papéis de alta, mas você já pode ir — continuou o médico. — Certifique-se de descansar e, se precisar, tome ibuprofeno para qualquer dor de cabeça.

— Precisamos mantê-lo acordado a noite toda? — Fowler questionou.

O médico sorriu.

— Não. O senhor Parker está livre para dormir, mas alguém deve ficar com ele para garantir que nada mude e que esteja descansando. Dormir deve ajudá-lo a se recuperar.

Eu estava mesmo no quarto? Eles falavam como se eu estivesse inconsciente.

— Ficarei com ele — meu pai se voluntariou. — Sou o pai dele.

— Então deixe-me pegar os papéis para que todos vocês possam ir celebrar a vitória desta noite. Parabéns novamente, e boa sorte para a próxima rodada. — O médico foi embora.

Matthewson continuou:

— Muito bem, Parker. Estamos contentes por você estar bem.

— Obrigado. — Sorri. — Vocês não teriam chance nenhuma na próxima rodada sem mim.

Os caras riram, mas reconheceram que eu estava certo.

Schmitt deu um passo à frente.

— Vamos embora para que ele possa se vestir e sair daqui. Dependendo do resultado da série entre os Giants contra os Nationals, podemos voltar a jogar dentro de alguns dias, portanto, não festejem muito. O avião sai às onze da manhã.

Os rapazes começaram a sair e olhei para Drew para ver se ele sairia sem uma única palavra para mim. Encaramos um ao outro, e ele entrou no quarto.

— Trouxe um sanduíche para você. Imaginei que poderia estar com fome.

Meu coração inchou, e eu não tinha certeza se era exaustão ou não, mas meus olhos arderam com lágrimas ao pegar o lanche.

— Obrigado.

— Vejo você no avião amanhã. — Ele olhou para nossos pais, que estavam na porta do quarto.

Eu queria dizer a ele para ficar, mas não pude. Não estávamos mais juntos, e haveria perguntas se ele ficasse em vez de comemorar com o time. Perguntas às quais não estávamos prontos para responder.

— Sim — foi tudo o que eu disse.

— Estou tão feliz que você esteja bem, Aron. — Francine passou por mim e me deu uma palmadinha no braço. — Mas tenho um voo para mudar, já que vocês se saíram muito bem.

— Merda, eu também — meu pai suspirou.

Drew virou antes de sair do cômodo.

— Por que vocês dois não voltam para o hotel, e eu fico com Aron? Vou pedir um carro para nos levar de volta quando ele for dispensado.

Meus olhos se alargaram. Ele faria isso?

— Tem certeza? — perguntei.

— Você sabe que não sou muito de festas. — Eu acenei, e ele continuou: — Vou mandar uma mensagem para o Santiago e avisá-lo. Está tudo bem.

Tudo bem? Drew e eu não estávamos bem de jeito nenhum.

— Obrigado, Drew. — Meu pai bateu no ombro dele. — Um de vocês me avise quando voltarem ao hotel para que eu possa ir até lá.

— Você provavelmente está cansado e, como não joguei esta noite, posso garantir que o Aron descanse.

Olhei fixamente para Drew. Ele estava realmente se oferecendo para passar a noite comigo?

— Vai me ligar se acontecer alguma coisa? — meu pai questionou.

— Claro que sim.

A enfermeira de antes entrou.

— Estou imprimindo seus papéis de alta, mas queria te avisar que pode se vestir.

Eu acenei, ainda atordoado por Drew.

— Isso foi rápido. Vamos deixar você se vestir — disse o meu pai. — E podemos todos voltar no mesmo carro para o hotel.

— Tudo bem — respondi, mas o plano do Drew ainda era ficar comigo?

NEGOCIADO

201

Um carro deixou nós quatro na frente do hotel. Já passava da meia-noite e tudo o que eu queria fazer era tomar um banho, comer alguma coisa e rastejar até a cama.

— Tem certeza de que vai ficar bem? — meu pai perguntou para Drew.

— Sim, senhor.

Nós pisamos no elevador e meu pai e a mãe do Drew desceram em seus andares. Quando estávamos sozinhos no elevador, perguntei:

— Por que você está fazendo isso?

Os olhos castanho-claros do Drew se moveram para mim.

— Porque eu me importo com você, Aron.

Um caroço se formou na minha garganta.

— Mas…

— Sem "mas". — Ele negou com a cabeça. — Vamos apenas passar a noite juntos e voltar para casa. Podemos conversar em Denver.

Acenei, sem resposta. Embora quisesse fazer mais perguntas, também não estava com disposição para ter uma conversa completa.

O elevador parou no meu andar e nós saímos.

— Quer pedir comida? — perguntou Drew.

— Você me conhece tão bem. — Eu sorri. Tinha comido o sanduíche que ele me trouxe, mas ainda estava com fome, assim como depois de cada jogo.

Ele deu uma risada.

— Que tal você pedir comida enquanto vou buscar uma muda de roupa no meu quarto?

Paramos na minha porta, e a destravei. Entreguei a chave a ele.

— Vou tomar um banho rápido também.

— Tudo bem. Voltarei dentro de alguns minutos.

Drew virou e saiu, e entrei no meu quarto. A bolsa com as coisas do meu armário estava na minha cama. Eu havia esquecido completamente dos meus pertences, mas felizmente alguém deve ter mandado o pessoal do hotel colocá-los no meu quarto. Peguei o celular na bolsa, vendo que tinha várias mensagens de amigos em St. Louis, perguntando se eu estava bem. Antes que pudesse responder a qualquer um deles, ouvi batidas na porta.

— Baby, por que você não usou… — Minhas palavras morreram ao perceber que eu tinha chamado Drew de "baby". Para piorar a situação, não era Drew à porta, mas Matthewson. — Oh, ei.

— Só vim para ter certeza de que você estava de volta, e que tudo continua bem.

— Sim, estou bem.

— Skip disse que você vai estar na lista dos afastados por sete dias, porque é protocolo.

— Porra — eu bufei. — Achei que, já que fui liberado, não estaria.

— Vamos torcer que a série entre os Giants e os Nationals leve os cinco confrontos. Com a viagem, pode ser que você não perca nenhum dos próximos jogos.

— Sim, assim espero.

Matthewson virou e olhou para fim do corredor.

— Ei, Rockland.

Olhei para ele e seus passos vacilaram.

— Olá.

Matthewson olhou para mim, depois para Drew, depois de volta para mim. Ele apontou o polegar na direção de Drew, que estava carregando uma bolsa.

— Baby?

A história de Aron e Drew continua em Exposto...

Exposto é um romance esportivo entre dois homens e o segundo livro da duologia *Fora de Campo*. Este não é um livro único.

Aron Parker e Drew Rockland nunca imaginaram se apaixonar um pelo outro quando foram negociados para o mesmo time. Porém, quando faziam os jogos mais importantes de suas vidas, cometem um deslize na frente de um colega de time que ameaça expô-los antes de estarem prontos.

Querendo provar ao mundo esportivo que quem você ama não muda quem você é em campo, os caras decidem se assumir após o final da temporada.

Enquanto Aron e Drew se aproximam de seu sonho de ganhar tudo, a ex de Drew lança outra bomba que nenhum deles esperava, e quando acham que têm tudo sob controle, é feito um acordo que pode mudar tudo isso e ameaça separá-los.

Para sempre.

Fora de campo, eles são apenas Aron e Drew...

Mas talvez nem todos aprovem.

AGRADECIMENTOS

Gostaríamos de agradecer a nossos maridos, Ben e Wayne, por se assegurarem de que nossos filhos fossem alimentados quando estávamos absorvidas em nossa escrita. Jennifer Hall, Leanne Tuley, Stacy Nickelson, Laura Hull e Cheryl Blackburn, obrigada pelo tempo que dedicaram para nos ajudar com esta história. Somos muito gratas a cada uma de vocês.

Para *To Give Me Books*, o RP da Lady Amber, todos os blogueiros e autores que participaram de nossa revelação de capa, turnê de resenhas e nosso dia do lançamento: obrigada! Agradecemos por nos ajudarem a espalhar a palavra ao embarcarmos nesta nova jornada de co-escrita.

E a todos os nossos leitores: obrigada pelo apoio que nos dão continuamente. Por causa de vocês, somos capazes de perseguir nossos sonhos de escrita.

SOBRE AS AUTORAS

Kimberly Knight é autora *best-seller* do USA Today e vive no Vale Central da Califórnia com seu amoroso marido, que é um grande assistente de pesquisa, e uma filha jovem, que mantém Kimberly sempre alerta. Ela escreve vários gêneros, incluindo suspense romântico, romance contemporâneo, erótico e paranormal. Seus livros vão te fazer rir, chorar, desfalecer e se apaixonar antes que ela te jogue bolas curvas que você nunca verá chegando.

Quando Kimberly não está escrevendo, você pode encontrá-la assistindo seus *reality shows* favoritos, incluindo competições de culinária, assistindo a documentários sobre crimes reais e indo aos jogos dos Giants de São Francisco. Ela também é uma sobrevivente de dois tumores/cânceres, o que a tornou mais forte e uma inspiração para seus fãs.

Com a The Gift Box, Kimberly já publicou a duologia de *Use-me* e *Observe-me*, *Presa* e *Burn Falls*.

www.authorkimberlyknight.com
www.facebook.com/AuthorKKnight
TikTok: autor_kimberlyknight
Instagram: authorkimberlyknight

Rachel Lyn Adams é autora *best-seller* do USA Today e vive na área da Baía de São Francisco com seu marido, cinco filhos e um número louco de ursos de pelúcia. Ela escreve romances contemporâneos e alguns que se passam em motoclubes.

Ela adora viajar e passar tempo com sua família. Sempre que tem algum tempo livre, o que é raro, você a encontrará com um livro nas mãos ou assistindo a reprises de *Friends*.

www.rachellynadams.com
www.facebook.com/rachellynadams
TikTok: rachellynadamsauthor
Instagram: rachellynadams

A The Gift Box é uma editora brasileira, com publicações de autores nacionais e estrangeiros, que surgiu no mercado em janeiro de 2018. Nossos livros estão sempre entre os mais vendidos da Amazon e já receberam diversos destaques em blogs literários e na própria Amazon.

Somos uma empresa jovem, cheia de energia e paixão pela literatura de romance e queremos incentivar cada vez mais a leitura e o crescimento de nossos autores e parceiros.

Acompanhe a The Gift Box nas redes sociais para ficar por dentro de todas as novidades.

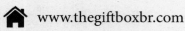
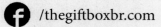
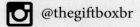
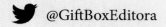